W. Scott

Der Herr der Inseln

SALZWASSER
VERLAG

W. Scott

Der Herr der Inseln

Unveränderter Nachdruck der Originalausgabe von 1864.

1. Auflage 2022 | ISBN: 978-3-75259-681-6

Verlag: Salzwasser Verlag GmbH, Zeilweg 44, 60439 Frankfurt, Deutschland
Vertretungsberechtigt: E. Roepke, Zeilweg 44, 60439 Frankfurt, Deutschland
Druck: Books on Demand GmbH, In de Tarpen 42, 22848 Norderstedt, Deutschland

Der

Herr der Inseln

von

W. Scott.

Der Herr der Inseln

von

W. Scott.

Uebersetzt

von

W. Hertzberg.

Bremen

1864.

Seiner Hoheit

Friedrich VIII.

Herzog von Schleswig-Holstein

widmet

dieses Gedicht, welches den siegreichen Kampf eines
edeln von fremder Tyrannei unterdrückten Volksstammes für
seine Freiheit und das Recht seines legitimen Fürsten
verherrlicht,

ehrfurchtsvoll

Der Uebersetzer.

Vorwort des Uebersetzers.

Von allen metrischen Romanzen W. Scotts hält keine den epischen Charakter so rein und ungetrübt aufrecht wie „der Herr der Inseln“, keine ist so frei von jenen beschreibenden und reflectirenden Episoden, welche zwar die eminente Befähigung des Verfassers für den Prosaroman schon im voraus verkündigen, den rascheren Gang der epischen Composition dagegen in befremdender und die Reinheit der Gattung beeinträchtigender Weise hemmen*). Wir stehen daher nicht an, das vorliegende Gedicht, wie es der

*) Statt einer kritischen Entwickelung dieses Grund-Unterschiedes zwischen Epos und Roman und zugleich zum Beleg der behaupteten Thatsache geben wir nachstehend einige Verse aus „Marmion“ in wörtlicher Uebersetzung:

„Die Abtei sah ernst darein in der Kraft des sächsischen Baustiles mit massiven und breiten Rundbögen, die abwechselnd sich auf kurzen, niedrigen und gewichtigen Pfeilern erhoben, gebaut, ehe die Kunst bekannt war, durch die Spitzgewölbe des Schiffes und schlanke Säulenschäfte die Arkaden eines Laubganges in Stein nachzuahmen. An den dicken Mauern hatte der heidnische Däne seine gottlose Wuth vergeblich ausgelassen. Nicht als ob nicht Theile, die in einem spätern Stil ausgeführt waren, gezeigt hätten, wo die Hand des Verderbers gehaust hatte, nicht als ob nicht die scharfe und verwitternde Seeluft das zierliche Maßwerk der Säulen abgenutzt, die Heiligenbilder in den Nischen zerfressen und mit verzehrender Kraft die spitzen Winkel der Thürme abgerundet hätte: aber“ — u. s. w. Jedermann sieht sogleich: Dies ist der Stil des Romans, nicht des Epos. Niemand wird leicht begreifen, wie Scott solche Reflexion habe in Verse hineinquälen können — und dürfen.

Chronologie nach das letzte der unter Scott's Namen erschienenen Epen ist, so als das vollendetste unter denselben zu bezeichnen. Dieses Urtheil berührt natürlich nicht die köstliche Perle der englischen Romantik „die Jungfrau vom See", deren wesentlich idyllischer Charakter eine gesonderte Betrachtung erheischt.

Wenn nun dennoch „der Herr der Inseln" in Deutschland so gut als unbekannt geblieben ist, so liegt dies keineswegs bloß an dem Mangel einer lesbaren Uebersetzung, sondern vor allem an den Zeitverhältnissen, unter denen er an's Licht trat. Der gewaltige Genius Byron's, der damals dem Zenith seines Ruhmes schon nahe rückte und in dessen epischen Fragmenten die tiefste Leidenschaft mit der ätzenden Schärfe einer frivolen Satire, den glänzendsten Bildern einer üppigen Einbildungskraft und dem hinreißenden Zauber des flüssigsten und beweglichsten Ausdrucks sich auf wunderbare Weise verschmolz, — dieses feurige Meteor begann bereits das mildere Gestirn der Muse Scott's zu überstrahlen.

Zudem fällt die Veröffentlichung des Gedichtes in das Jahr der Rückkehr Napoleons von Elba und der Schlacht von Waterloo, eine Zeit, in welcher die Nationen des Continents an andere Dinge als an englische Romanzen zu denken hatten.

Endlich war W. Scott in demselben Jahre als der gefährlichste Concurrent seines eignen epischen Ruhmes durch die Herausgabe „Waverley's" aufgetreten, und als der Schlachtendonner zu verhallen und Deutschland sich mit erneuertem Interesse den literarischen Erzeugnissen des Brudervolks zuzuwenden begann, da war bereits Schlag auf Schlag eine Reihe von Meisterwerken dem ersten auf dem Fuße gefolgt, das nächste immer anziehender, hinreißender, bewältigender als das vorhergehende. Den Erzeugnissen eines so staunenswerthen Schöpfungstriebes hatten die Federn der Uebersetzer Noth nachzueilen. Für Verse aber, wenn sie lesbar sein sollen, frommt solche Hast nicht. Hinter der Begierde der Schreiber und Leser mußte der langsam nachbildende Verskünstler zurückbleiben. So wurde bei uns Scott der Epiker über Scott dem Novellisten vergessen.

Jetzt, da auch der Mensch Scott dem Herzen des deutschen Volkes durch Eberty's liebenswürdiges Buch nahe geführt ist, erscheint es an der Zeit, auf das bedeutendste Entwickelungsstadium seiner schriftstellerischen Thätigkeit, welches gerade durch das vorliegende Gedicht bezeichnet wird, die Aufmerksamkeit hinzulenken.

Zugleich mag unsre Nation in ihren gegenwärtigen Nöthen sich durch den hier gebotenen Anblick eines Volkes stärken und erfrischen, das in zwanzigjährigen blutigen Kämpfen aus innerer Zerrissenheit und fremdländischer Knechtschaft zur Einheit, Unabhängigkeit und Freiheit sich emporrang.

Bremen im Februar 1864.

Der Uebersetzer.

Nachschrift.

Erst nach Vollendung des vorliegenden Druckes kam dem Uebersetzer das durch Gelehrsamkeit und kritischen Scharfsinn gleich ausgezeichnete Werk K. Elze's (Sir W. Scott. Dresden 1864. 2 Bde. 8.) zu Händen. Er erwähnt dieses Umstandes mit um so größerer Genugthuung, als die in dem erwähnten Buche niedergelegten Principien und deren Folgerungen nur zur Bestätigung der hier beiläufig ausgesprochenen Urtheile gedient haben.

Bremen am 11. Mai 1864.

Vorbemerkung zur ersten Ausgabe.

Die Scene dieses Gedichtes ist zuerst das Schloß Artornish an der Küste von Argyleshire; zuletzt die Umgegend von Stirling. Die Erzählung beginnt mit dem Frühjahr 1307, als Bruce, der durch die Engländer und die Barone, die zu der fremdländischen Partei standen, vertrieben war, von der Insel Rachrin an der irischen Küste zurückkehrte, um seine Ansprüche auf die schottische Krone geltend zu machen. Manche der eingeführten Personen und Ereignisse sind von historischer Berühmtheit. Als Quellen sind besonders benutzt: der ehrwürdige Lord Hailes, der ebenso berechtigt ist, der Wiederhersteller der schottischen Geschichte genannt zu werden, wie Bruce der Wiederhersteller der schottischen Monarchie, und der Archidiaconus Barbour, von dessen metrischer Geschichte des Robert Bruce bald, wie ich glaube, eine correcte Ausgabe durch meinen gelehrten Freund, den hochehrw. Dr. Jamieson besorgt werden wird.

Abbotsford, 10. December 1814.

Einleitung zur Ausgabe von 1833*).

Ich hätte kaum einen in Schottland populärern Gegenstand wählen können, als irgend etwas, das mit Bruce's Geschichte in Verbindung steht, es sei denn ich hätte mich an die des Wallace gemacht. Doch ich bin entschieden der Meinung, daß ein populärer oder wie man sagt, ziehender Titel, obwohl geeignet, die Verleger vor Verlust zu schützen und ihre Lager von dem ersten Abdruck zu räumen, eher gefahrbringend als etwas anderes für den Ruf des Verfassers ist. Wer sich an einen Gegenstand von hervorragender Popularität macht, hat nicht das Privilegium, den Enthusiasmus seines Hörerkreises zu erwecken: im Gegentheil, derselbe ist bereits wach und glüht vielleicht heißer als der des Autors selbst. In diesem Fall ist die Wärme des Verfassers geringer als die des Angeredeten und letzterer hat daher wenig Aussicht, nach Bayes' Worten, „erhoben und überrascht" zu werden durch Dinge, über

*) Dies interessante Schriftstück giebt einen weitern Beleg zu der schon von Ebertv gemachten Bemerkung, daß Scott so wenig wie Byron und mancher andere große Dichter ein klares Urtheil über den relativen Werth seiner eignen poetischen Erzeugnisse hatte, vielmehr sich in dieser Beziehung auffällig abhängig von der Meinung seiner Freunde und dem äußern Erfolg des buchhändlerischen Absatzes zeigte.

Anmerkung des Uebersetzers.

welche er mit mehr Begeisterung gesonnen hat, als der Schriftsteller. Der Gedanke an diese Gefahr, verbunden mit dem Bewußtsein, gegen Wind und Flut zu segeln, machte den Versuch das vorliegende Gedicht zu verfassen etwas drückend und hoffnungslos, aber gleich dem Klopffechter in „Wie es Euch gefällt" mußte ich für meinen Ruf ringen und durfte meinen Vortheil nicht aus dem Auge setzen. Auf einer höchst angenehmen Vergnügungsreise, die ich in der Einleitung zu der neuen Ausgabe des „Piraten" zu schildern versucht habe, besuchte ich in einem geselligen und befreundeten Kreise die Küsten und Inseln Schottlands und machte mich mit den Localitäten bekannt, die ich darzustellen gedachte. Aber diese Reise, in jeder andern Beziehung so genußreich, ward zum Schluß durch einen jener Schicksalsschläge getrübt, die sich so oft mit unsern Vergnügungen mischen. Die hochgebildete und ausgezeichnete Dame (die Gräfin von Dalkeith, später Henriette, Herzogin von Buccleugh. Anm. d. Uebers.), welche mir den Stoff für den „Sang des letzten Minstrels" empfohlen hatte, und der ich dasjenige Gedicht zu widmen gedachte, welches, wie ich schon damals voraussah, meine poetischen Werke beschließen sollte, ward unerwartet der Welt entrissen, welche sie nur besucht zu haben schien, um Zwecke des Wohlwollens und der Liebe zu erfüllen. Es ist nutzlos zu sagen, wie die Gefühle des Autors und die Abfassung dieses unbedeutenden Werkes durch einen Umstand affizirt wurden, der so viel Thränen und Kummer im Gefolge hatte. Es ist wahr, daß „der Herr der Inseln" mit Widerstreben und in Eile beendet wurde; viel mehr mit dem peinlichen Gefühle dessen, der eine Aufgabe zum Abschluß bringen muß, als mit der Gluth desjenigen, der diese Aufgabe gut durchführt. Obwohl man nicht sagen kann, daß das Gedicht einen günstigen Eindruck auf das Publicum gemacht hat, so setzt doch der Verkauf von 15,000 Exemplaren den Autor in den Stand, sich mit den Kriegsehren aus dem Felde zurückzuziehn.

Inzwischen ward meine Empfindlichkeit über das, was ich nothwendig als ein fehlgeschlagenes Unternehmen betrachten mußte, sehr durch den Erfolg beschwichtigt, der meinen Versuch auf einem andern Gebiete der Darstellung begleitete. „Waverley" hatte unter strengem Incognito gerade die Presse verlassen, als ich mich auf die bereits erwähnte Reise begab. Er hatte seinen Weg zur Popularität gefunden und der Erfolg dieses Werkes und der demnächst erscheinenden, hätte hinreichen können, eine größere Begierde nach Beifall zu befriedigen als ich jemals besessen habe*).

Ich kann an dieser Stelle gleich hinzufügen, daß ich auf vieles Zureden meines genauen, leider jetzt verstorbenen Freundes, William Erskine (Schottischer Richter unter dem Titel: Lord Kinneder) die kleine Romanze: „Das Brautfest von Triermain" schrieb, aber unter der Bedingung, daß er keinen ernsten Versuch machen sollte, die Autorschaft dieses Gedichtes abzulehnen, wenn das Gerücht ihm dieselbe zuschreiben sollte. Da es ziemlich allgemein bekannt war, daß er Geschmack am Dichten fand, und ich dafür sorgte, an verschiedenen Stellen Wendungen zu gebrauchen, die (so weit es in meiner Kraft lag) dem Gefühl und der Manier meines Freundes entsprachen, so ging man leicht auf diese Fährte ein, und zwei starke Auflagen wurden abgesetzt. Als man eine dritte verlangte, wollte Lord Kinneder nicht länger eine Täuschung unterstützen, welche weiter ging als er erwartet oder gewünscht hatte, und der wirkliche Name des Autors wurde veröffentlicht. Bei einer andern Gelegenheit ließ ich eine andre jener Kleinigkeiten los, welche wie die Drachen der Knaben dazu dienen sollten, die Windrichtung des öffentlichen Geschmacks zu erforschen. Die Manier sollte die eines wilden Minstrels oder Skalden sein im Gegensatz zu dem „Brautfest von Triermain", welches sich vielmehr an die italienische Schule anzuschließen bestimmt war.

---

*) Die erste Ausgabe des Waverley erschien im Juli 1814.

Dies neue flüchtige Stück hieß „Harold der Unerschrockne" und ich bin immer noch erstaunt über meinen plumpen Mißgriff, denselben Namen gewählt zu haben, welchen Lord Byron so berühmt gemacht hatte. Das Gedicht hatte ein seltsames Schicksal. Mein geistreicher Freund, Herr James Hogg, hatte um dieselbe Zeit ein Werk „der Poetische Spiegel" veröffentlicht, welches Nachahmungen der vorzüglichsten lebenden Dichter enthielt. Es war darin eine so außerordentlich gute Nachahmung meines eignen Stiles, die „Harold dem Unerschrocknen" so glich, daß man das Original von der Nachbildung nicht unterscheiden konnte; und ich glaube, daß Mancher, der sich die Mühe gab darüber nachzudenken, der Meinung war, daß mein geistreicher Freund der wahre und nicht der nachgemachte Simon Pure sei. Seit dieser Zeit (1817) hat der Verfasser sich dem Publicum nicht wieder mit irgend einer nennenswerthen poetischen Arbeit aufgedrängt.

Abbotsford, April 1830.

W. S.

Bemerkung zur Ausgabe von 1833.

Das Gedicht: „der Herr der Inseln", wie wir es jetzt im Manuscript des Verfassers besitzen, scheint in Abbotsford im Herbste 1814 begonnen, und in Edinburg am 16. December beendigt zu sein. Ein Theil des ersten Gesanges war wahrscheinlich in einer früheren Zeit des Jahres in skizzirter Form niedergeschrieben. (Nach Eberty, Th. I. S. 236, sind die drei letzten Gesänge vom 11. November bis zum 25. December 1814 verfaßt. Anm. d. Uebers.) Die Originalausgabe in 4. erschien am 2. Januar 1815.

Es mag erwähnt werden, daß diejenigen Theile des Gedichtes, welche in Abbotsford geschrieben sind, beinahe vollständig in der Gegenwart von W. Scotts Familie gedichtet wurden, manches davon sogar in Gegenwart zufälliger Besucher, da das ursprüngliche Landhäuschen, welches er damals bewohnte, keinen Raum zu abgesondertem Aufenthalt gewährte. Weder Unterhaltung noch Musik schien ihn zu stören.

Einleitung des Uebersetzers.

Die Fabel dieses romantischen Epos ist so eng mit den Ereignissen der Zeit verwoben, in welche der Dichter sie verlegt hat und letztere sind mit solcher Vorliebe und Ausführlichkeit von ihm behandelt, daß sie nicht sowohl den historischen Hintergrund des Gedichts, als sein wahres und wesentliches Material bilden, dem die Fiction nur zu belebender und veranschaulichender Staffage dient. Es wird daher dem deutschen Leser eine Auffrischung der wesentlichen Thatsachen jener großartigen Episode der britischen Geschichte nicht unwillkommen sein.

Alexander III. von Schottland war im Jahre 1286 ohne männliche Nachkommen gestorben. Nur eine Enkelin hatte er nachgelassen, Margaretha — von seiner gleichnamigen Tochter, die mit dem König Erich von Norwegen vermählt gewesen. Diese war von Alexander mit Zustimmung der Stände zur Erbin des Reichs ernannt. Edward I. von England, begierig die beiden Kronen der Insel in seinem Geschlechte zu vereinigen, wußte die Vermählung Margaretha's mit seinem ältesten Sohn Edward (dem nachmaligen Edward II.) durchzusetzen. Aber seine hochfliegenden Pläne wurden im Augenblick ihrer Erfüllung auf empfindliche Weise gekreuzt. Denn die junge (erst 7jährige) Fürstin starb plötzlich auf der Reise in ihr heimathliches Reich (1290). Aus dem alten schottischen Königshause waren nunmehr allein die

Nachkommen Davids, Grafen von Huntingdon übrig, eines Bruders König Wilhelms des Löwen († 1214). David hatte drei Töchter hinterlassen: Margaretha, Isabella und Adama. Margaretha, die älteste, mit Allan von Galloway vermählt, hinterließ eine Tochter Devergilda, aus deren Ehe mit John Balliol ein Sohn entsprungen war, ebenso wie sein Vater geheißen. Isabella, die zweite Tochter Davids, war an Robert Bruce verheirathet, dessen gleichnamiger Sohn (Vater unsers Helden Robert und seines Bruders Edward) als dem Königstamme um einen Grad näher im Blute stehend dem jüngern John Balliol den Thron streitig machte, dem nach dem sonst in Schottland bestehenden Erbrechte er allerdings in erster Linie hätte zufallen müssen. Vorübergehend machte (wenigstens auf ein Drittheil des Reichs) auch Adama's noch lebender Sohn John Hastings Anspruch.

Die Prätendenten wie die Stände in Schottland waren thöricht genug, zur Schlichtung dieser Streitigkeiten Edward I. als Schiedsrichter anzurufen. Dieser ergriff mit Eifer die Gelegenheit, seine kurz vorher gescheiterten Absichten auf das Nachbarreich in andrer Weise zu verwirklichen. Um das Vermittleramt mit Nachdruck zu üben, erschien er mit Heeresmacht an der schottischen Gränze, beschied die Thronbewerber und die Barone zu einer Unterredung nach Northam und verlangte vor jeder andern Verhandlung, daß sie ihm als Oberlehnsherrn Schottlands huldigen sollten. Sein Recht zu solcher Würde beruhte auf den allerhinfälligsten, zum Theil sogar frech gefälschten Titeln. Ueberraschung, Uneinigkeit und Furcht aller Betheiligten aber bewirkte, daß sie auf die schmähliche Bedingung eingingen. Jetzt ließ Edward vierzig Herren von Balliol und ebensoviel von Bruce zur Abgabe des Schiedsrichterspruches ernennen, denen er vierundzwanzig aus seinem eignen Gefolge hinzufügte. Diese Versammlung erkannte nach jahrelangen Verhandlungen (am 17. Novemder 1292) John Balliol als rechtmäßigen König von Schottland an.

Balliol huldigt Edward und überliefert ihm sämmtliche feste Plätze des Landes.

Fortan mußte Schottland und sein neuer König sich eine Reihe unerhörter Erniedrigungen von seinem Oberherrn gefallen lassen. Balliol selbst war gezwungen, mehrmals als Angeklagter vor dem englischen Parliamente zu erscheinen und sah sich in jeder Weise als ein Unterthan Edwards behandelt. Ein Aufstand des gequälten Königs, der sich auf Frankreichs Beistand stützte, endet mit einer schimpflichen Niederlage (1296). Edward entführt den Königsstein zu Scone, auf welchem die schottischen Herrscher gekrönt zu werden pflegten und der als ein Palladium des Reichs galt, nach England. Balliol ward im Tower eingekerkert und später nach Frankreich verbannt, Schottland als ein heimgefallenes Lehn behandelt, Warenne zum Statthalter ernannt, alle bedeutenden Stellen mit Engländern besetzt. Jeder Grundeigenthümer soll den Huldigungseid leisten; die Renitenten werden verbannt.

Da erschlug W. Wallace, ein Mann von niederm Adel, aber aus altem Geschlecht, einen englischen Bediensteten, der ihn durch ungerechte Forderungen empört hatte. Er flüchtete in die Wälder, sammelte einen Haufen Geächteter um sich und versuchte einen Angriff auf Scone. Oresby, der dem erkrankten Warenne in der Statthalterschaft gefolgt war, entfloh nach England und der Adel erhob sich zum zweitenmal in Waffen gegen Edward (1297).

Aber Warenne sammelt ein Heer von 40,000 Mann, Viele gehen zu ihm über. Wallace zieht sich mit seiner Schaar auf Stirling zurück und nimmt eine vortheilhafte Stellung bei Cambus Kenneth. Warenne läßt sich durch Cressingham zu einem übereilten Angriff verleiten und wird vollständig geschlagen.

Wallace, zum Regenten an des gefangenen Balliol Statt ernannt, dringt, da Edward inzwischen durch seine flandrischen Kriege beschäftigt ist, verwüstend in das nördliche England ein. Auf solche Nachricht kehrt Edward unverweilt zurück und führt das ganze Reichs-Aufgebot (angeblich 100,000 Mann) gegen Norden. Im schottischen Lager herrscht Uneinigkeit. Wallace, um die eifersüchtigen Großen zu versöhnen und für die vaterländische Sache zu vereinigen, entsagt der Regentschaft und dem Oberbefehl des Heeres und beschränkt sich auf die Führerschaft einer sich freiwillig ihm anschließenden Schaar. Die beiden andern Abtheilungen des Heers stehen unter dem Commando Comyn's und Stuart's. Bei Falkirk kommt es zur Entscheidungsschlacht (1298). Robert Bruce (der Sohn des früheren Prätendenten und der Held unsrer Romanze) kämpft auf diesem Schlachtfeld noch auf englischer Seite. Die Schotten erliegen, doch zieht sich Wallace mit einem kleinen Haufen über den Carron zurück. Hier soll er eine Unterredung mit dem jungen Bruce gepflogen haben, die in letzterem den Entschluß weckte, sich zum Rächer und Erretter seines Landes aufzuwerfen.

Doch konnte diesmal Edward den Sieg nicht so verfolgen, wie er wünschte. Der Norden Schottlands blieb unerobert. Der großen Armee ward der Mangel an Nahrungsmitteln empfindlich; sie zog sich zuerst nach dem Süden und dann über den Tweed zurück. Comyn, zum Regenten ernannt (1302), eroberte auch die Lowlands wieder.

Ein vierter Feldzug endlich (1304), auf dem Edward das Landheer durch eine Flotte unterstützen ließ, zwingt auch Comyn zur Unterwerfung. Edward wüthet nun rücksichtslos gegen alles Schottische in Gesetzen, Sitten und Gebräuchen, plündert die Archive und vernichtet Freibriefe und Urkunden, die Zeugniß für Schottlands Unabhängigkeit ablegen könnten. Wallace, der sich mit den Seinen noch in den Defiles des Hochlandes gehalten, wird verrathen (s. Anm. 15), nach London geschleppt und auf Towerhill hingerichtet (1305).

R. Bruce geht in Edwards Gefolge mit nach England, nachdem er zuvor Comyn seine Pläne zur Befreiung Schottlands mitgetheilt hat. Comyn verräth ihn. Aber Edward verschiebt die Bestrafung, um Bruce's Brüder mit in das Garn zu locken. Robert, von Freunden gewarnt, entflieht nach Schottland, ruft den Adel nach Dumfries zusammen und theilt ihm seinen Entschluß mit. Alle erklären sich für ihn, nur Comyn widerspricht. Da folgt ihm Bruce nach aufgehobener Versammlung in die Kirche des Franziskanerklosters und stößt ihn am Altar nieder. Kirkpatrick vollendet den Mord mit seinem Dolch (s. Anm. 12).

Robert Bruce wird zu Scone gekrönt (1306). Aber auch dieser vierte Aufstand führt noch nicht zur unmittelbaren Befreiung Schottlands. Aymer de Valence schlägt bei Methven den Fürsten, der nach tapfrer persönlicher Gegenwehr entflieht und auf Rathlin (Rachrin, Rath-Erin), nahe der Küste von Ulster, ein Versteck und den Ausgangspunkt für neue Unternehmungen findet. Die Häupter des Aufstandes, Nigel Bruce (Robert's Bruder), Athol, Frazer, Seton, de la Haye werden hingerichtet.

An diese letzten Thatsachen schließt unmittelbar die Handlung unsers Gedichtes an. Zur Veranschaulichung des Schauplatzes wird der Leser gut thun, eine Spezialkarte von Schottland zur Hand zu nehmen, zum Verständniß der Beziehungen aber zwischen Ronald und seiner Verlobten, so wie deren Bruder dem Herrn von Lorn die Anmerkungen 1, 4, 5, 6, 14 anzusehn, ehe er an die Lectüre des Gedichtes geht, und ferner festzuhalten, daß Artornish-Castle, wiewohl auf dem Festland gelegen und rings von Lorn's Besitzungen umgeben, doch ein Schloß des Inselfürsten ist, in welchem nach schottischer Sitte die Braut (unter dem Schutze ihres Bruders) zur Hochzeitsfeier eingekehrt ist. S. Anm. 14.

Der
Herr der Inseln

von

W. Scott.

Erster Gesang.

Der Herbst entweicht; doch sieh, sein Mantel hängt
Noch stolz um Somerville's anmuth'gen Wald,
Und unter braunem Kleid mit Gold besprengt
Der Tweed geschwellt von hundert Bächen wallt;
Harsch braust der Wind, dumpf rauscht's im Felsenspalt;
Doch Waldmusik noch hie und da erklingt;
Rothkehlchen pfeift; der Taube Gurren hallt,
Und sommerhaft noch manche Färbung blinkt,
Wenn hinter Ettricks Fels die Sonne breit versinkt.

Der Herbst entweicht; es tönt kein ländlich Lied
Von Gala's Flur zu unserm Strand empor,
Das mit dem Strom im Wind herüberzieht.
Verstummt ist längst der Schnitter lust'ger Chor,
Ihr letztes Jauchzen starb in unserm Ohr;
Des Erntewagens muntres Rasseln schwieg,
Oed ist die Halde, so belebt zuvor,
Wenn nicht, nachzügelnd noch dem Erntekrieg
Ein Aehrenleser wankt, von Alter matt und siech.

Wenn dir Genuß solch trüber Anblick beut,
Wenn gern du streifst des Herbstes Pfad' entlang,
Wenn dich am Berg die dürre Haid' erfreut,
Im Wald des letzten Vogels Abschiedsang,

Des rothen Laubes bebender Behang,
Der letzte Glanz, der hell den Berg umzieht,
In ödem Feld des Aehrenlesers Gang,
Sinnst gern du nach, wie Freud' und Leid entflieht,
Thust du das gern, so schilt auch nicht des Minstrels Lied.

Nein, schilt es nicht, ob auch sein heisrer Laut
Nicht an der Taube schlichte Weisen reicht,
Sein Reiz nur schwach ist, wie vom Dunst umgraut
Der Herbstglanz um den Abendhimmel schleicht,
Dünn wie das Laub, das zittert und erbleicht,
Wenn der November wild ins Hüfthorn stößt;
Den Sammler höhne nicht, der einsam streicht
Durch Felder, die die Zeit von Frucht entblößt,
Wo Barden vor ihm einst reichern Gewinn gelöst.

So lauschet denn, vielleicht nicht unbewegt,
Der wilden Mähr von Albyn's Kriegesbrand;
Denn Trümmer noch des alten Liedes hegt
Genug des Westens sturmdurchtobtes Land.
Denn, wenn um Coolin's Höh'n die Sonne schwand,
Singt es der Barde Skye's beim Abendschmaus,
In Reay's pfadloser Oed' ist es bekannt,
In Harries und Jona's heil'gem Haus —;
Dort ruhn von Erdenqual die Inselfürsten aus.

I.

„Jungfrau, wach auf!" der Minstrel sang;
Artornish's rauhe Halle klang; [1]
Das Meer, das schwarz die Burg umwand,
Hob sanftre Wellen an den Strand,

Um mit des Chores süßen Tönen
Der Tiefe Grundbaß zu versöhnen.
Still schwieg der Wind um Inninmore
Und um Loch=Alline's Waldesflor
Und Wog' und Wald ließ ab vom Rauschen,
Um holdern Melodien zu lauschen.
Nie gab auf süßrer Lieder Schall
Antwort der Berge Wiederhall;
Denn jeder Minstrel brachte hier
Vom Festland und vom Seerevier,
Roß, Arran, Islay und Argyle
Dem frohen Tage Gruß und Heil.
Stumm galt der Sänger und entehrt
Und keines Ruhms und Dankes werth,
Taub für des Minstrels höchstes Glück,
Blind für der Damen holden Blick,
Hätt' er bei dieses Morgens Schall
Geschwiegen in Artornish=Hall.

II.

„Jungfrau von Lorn! wach auf!" so klang,
Und stolzer noch, der Bardensang.
„Jungfrau, wach auf! Uns kommt er zu,
Der Schönheit Bann aus stumpfer Ruh';
Luft, Meer und Land — kein Element,
Das nicht des Sängers Macht erkennt!
Still steht das Reh in Lettermore
Und leiht dem Harfenklang sein Ohr;
Der Seehund folgt von Heiskar's Riff
Durch dunkle Fluth des Minstrels Schiff,[2]
Und um Ben=Caillachs Wolken wiegt
Der Adler sich vom Klang besiegt.

Drum, Mägdlein, schließe nicht dein Ohr,
Wenn dir gebeut der Minstrel Chor.
Die Harfen klingen wild zu Hauf:
Edith von Lorn, wach auf! wach auf!"

III.

„Wach auf! Im thau'gen Dämmerkleid
Schickt sich die Flur mit dir zum Streit;
Schon mißt der bunten Drossel Sang
Sich froh mit deiner Stimme Klang
Und das bethaute Veilchen lacht
Ob deiner Augen bunten Pracht;
Edith wach auf! — und was uns hier
Am schönsten schien, ist nichts vor dir."
Und Ferrand rief: „Sie kommt noch nicht;
Versucht ein sanfteres Gedicht.
Laßt lang das Lied in milden Klängen
Sich mit dem Traum der Schönheit mengen
Im Silberlaut, der flüsternd räth,
Was sie ersehnt, doch nicht gesteht."
Sprach's: auf der Harf' erstarb sofort
Des eiteln Stolzes Schmeichelwort,
Und sanfter, leiser, zarter klang
Auf sein Gebot der Minnesang.

IV.

„Jungfrau wach auf! die Zeit verfliegt
Wo du noch Jungfrau wirst genannt;
Jungfrau wach auf! die Stunde siegt;
Die Liebe heischt zurück ihr Pfand;
Furcht, deines Busens scheuer Gast,
Und Hoffnung, die die Furcht zerbricht,

Entreiße dich des Schlummers Rast
Und wecke dich zur Liebespflicht.

Auf, Edith, auf! In jener Bai
Liegt manches Boot, lustig bemannt,
Froh jauchzt des Pibroch's Melodei,
Es wallt der Wimpel seidnes Band.
Weß Wappen in dem Banner weht,
Wem sie des Pibroch's Loblied weih'n,
Des Minstrels Harfe nicht verräth;
Dies Räthsel löſ't die Lieb' allein."

V.

Versteckt bei ihrer Jungfrau'n Schaar
Nahm Edith wohl des Liedes wahr,
Doch schmeichelte ihr kalter Blick
Nicht sehr des Minstrels Kunstgeschick.
Nicht ward von Stolz die Wang' ihr heiß
Bei ihrer Schönheit Lob und Preis,
Noch gab der Saiten zartem Schall
Der schwächste Seufzer Widerhall.
Nicht besser will's den Jungfrau'n glücken,
Die jetzt sich mühn die Braut zu schmücken.
Cathleen von Ulne, du flochtest ihr
Der braunen Locken bunte Zier,
Und ehrfurchtsvoll zogst, Eva, du
Ihr über'n Fuß den kleinen Schuh,
Da um der Knöchel feines Rund
Ihr Berta schnürt den Perlenbund,
Der, in Lochryan's Fluth gebleicht,
Grau gegen Edith's Haut sich zeigt;

Doch Einion's, der erfahrnen Alten
Schwierigstes Amt war, daß die Falten
Des Mantels so mit Kunst sie streckte,
Daß er die Form hob, nicht versteckte,
Bis auf den Boden wallend rollt
Sein Purpurschwall, durchwirkt mit Gold.

VI.

Wo lebt wohl jetzt die kalte Maid,
Die in der Schönheit prächt'gem Kleid
Und mit der höchsten Macht betraut.
Der Schönheit — als verlobte Braut,
Geschmückt mit jedes Reizes Gunst
Von der Natur, erhöht durch Kunst:
Die dann in ihrem Spiegel klar
Ihr schönes Bild sieht, treu und wahr,
Und durch kein Grübchen im Gesicht
Verräth, was leis' ihr Innres spricht?
Lebt solche Maid noch? Schönen, sagt,
Da nichts mein Lied zu melden wagt,
Als daß damals es so geschah,
Daß Niemand Edith lächeln sah.

VII.

Doch Morag, deren treuer Hut
Graf Lorn vertraut sein holdes Gut,
Sie, der für treuen Muttersinn
Ward Kindesliebe zum Gewinn,
(Fest war dies Band, heilig vor allen,
Stets unverletzt in Hochlands Hallen)
Morag, die Alte, ferne saß,
In Edith's Aug' ihr Innres las

Und hörte nicht der Mägde Flehn,
Mit Eifer ihnen beizustehn.
Sie sah ihr liebes Töchterlein
Kalt wie ein schönes Bild von Stein,
Ein Heil'genbild beim Kirchenfeste
Von Nonnen aufgeputzt auf's Beste.
Sie sah, es hatt' ihr Kind nicht Acht
Im Herzen all der eiteln Pracht.
Erst hat sie schweigend zugeschaut,
Drückt jetzt ans bange Herz die Braut
In holder Zier, und führt sie dann
Des Thurmes luft'ge Stieg' hinan,
Der schlank und steil vom Zinnenrund
Schaut, dunkles Mull, auf deinen Sund,[3]
Der deine schwarze Felsenwand
Trennt mit Gebrüll von Morven's Strand.

VIII.

„Sieh auf dies Meer, Kind", sprach sie hold,
„Das um zweihundert Inseln rollt
Von Hirta's nordumtosten Rand
Zu Islay's grünem Gartenland.
Manch Schloß am Festland nah und fern
Nennt deinen Bruder seinen Herrn.
Gelehnt auf dunkler Klippen Hang
Lauscht jedes andern Windes Klang.
Dort hält Mingarry trotz'ge Wacht
Und hat auf Wald und Wüste Acht —
Dort hört Dunstaffnage Connal's Toben,
Wenn seine Wog' am Riff zerstoben;
Bedenk, so weit der Blick hier reicht,
Hat keine Stirn sich trüb gezeigt

Und dieses Morgens Lust gebannt,
Da Lorna's Tochter ihre Hand
Durch der Vermählung heil'gen Eid
Dem Erben Somerled's verleiht,[4]
Dem Sproß aus alter Helden Blut,
Ronald, jung, tapfer, schön und gut.
„Der Herr der Inseln“ — mächt'ger Klang,[5]
Der Stoff für manchen Bardensang,
Genoß der Kön'ge, dem Geschlecht
Englands vereint in gleichem Recht!
Vom Häuptlingsschloß zum Hüttendach
Wer spricht die Mähr' nicht jubelnd nach?
Die Dirne sucht den Putz zusammen,
Der Hirt läßt Freudenfeuer flammen,
Des Thurmwarts Horn bläs't Freudensang
Und „freut euch!“ tönt der Glocken Klang.
Der Priester dankbar Messe singt,
Der kecke Bergbursch jauchzt und springt;
Kein Sclav haust in der Berge Schooß
So herzensstumpf und seelenlos:
Er stellt die Arbeit heute ein
Und will zum Fest den Morgen weihn.
Die Kön'gin nur des Tags ist heut
Betrübt, da sonst sich Alles freut.“

IX.

Die Seele trat in Edith's Blick,
Doch drängt den Seufzer sie zurück
Und trocknet hastig, unmuthsvoll
Die Thräne, die dem Stolz entquoll.
„Halt, Morag! Solcher Schmeichelsang
Paßt für des Söldlings Harfenklang;

Mit Staunen füllt dein prahlend Wort
Von Macht vielleicht die Mädchen dort.
Zu ihnen sprich von Fahnenschwingen,
Von Hifthorn- und von Glockenklingen;
Und besser noch vom theuern Kleide,
Von Kron' und seltsamen Geschmeide.
Denkst du, erfahren wie du bist,
Mein Herz zu fahn mit solcher List?
Mein Herz, das fest von Lieb' umstrickt
Vergebens nach Erwidrung blickt?
Nein, deiner Edith Unglück spricht
Der Satz kurz aus: Er liebt mich nicht."

X.

„O schweig! Ich nahm zu lange Zeit
Für Liebe seine Höflichkeit.
Mich machte das Verlöbniß blind,
Das Edith Lorn, da sie als Kind
Die Flur durchhüpft' an Morag's Hand,
Bereits Lord Ronalds Braut genannt.
Als er, lang' eh' ich ihn erblickte,
Sein Schwert in Schottlands Kriegen zückte,
Ward mir mein Loos in seinem kund.
Mein Herz schlug, wenn in Ruhmes Mund
Sein Nam' erscholl, wie würz'ger Duft
Herschwebend in der Sommerluft.
Kein Pilger suchte unser Dach,
Der nicht von Ronalds Thaten sprach
Und wollt' ein Harfner Helden preisen,
Verflocht' er ihn in seine Weisen,
Selbst Morag — jede Ruhmesmähre
Schloß sie mit seines Namens Ehre.

Er kam und wie man auch vorher
Ihn pries — das Lob schien kalt und leer,
Zahm, leblos, matt und kümmerlich,
Für Ronald kränkend und für mich.

XI.

„Seitdem kein Pulsschlag, den ich nicht
Getheilt mit meiner Liebespflicht!
Und was der Dank? — Der kühle Freier
Schiebt zögernd auf die Hochzeitsfeier.
Es tagt; Ronald ist nicht zu sehn.
Jagt in Bentalla er nach Rehn?
Grüßt er in einem stillen Thal
Ein leichtres Schätzchen noch einmal
Und schwört: „Muß ich mich auch bequemen
Die Hand der Erbin Lorns zu nehmen,[6]
Gleich nach der Trauung komm' ich her;
Dann trennen wir uns nimmer mehr“ —?“

XII.

„Still, Tochter, denke nicht so schlecht
Von Ronalds Liebe, treu und echt.
Sieh! jenem grauen Schloß vorbei
Schwebt seine Flott' aus Aros=Bay;
Sieh wie sich der Galeeren Mast
Beugt unter ihrer Segel Last,
Die wie April=Gewölk mit Flecken
Von Weiß das blaue Land bedecken.
Man jauchzt! Die Ruder sind bemannt,
Dahinten bleibt Mulls Felsenwand

Und frisch durchmessen sie den Raum
Durch Windesbraus und Meeresschaum.
Die dort am weitsten vorgerückt,
Sieh' wie vor'm Sturm den Mast sie bückt!
Ihr Banner legt sie dir zu Füßen,
Um ihres Fürsten Braut zu grüßen;
Dein Ronald kommt! Ob, gleich dem Pfeile,
Sein Wogenroß die Fluth durcheile,
Er schilt es träg."
Schön Edith zagt,
Erröthet, lächelt trüb und sagt:

XIII.

„Süß klingt, doch eitel ist das Wort.
Nein, Morag, sieh die Barke dort,
Die ferne von den andern steuert,
Die Bahn oft wechselt und erneuert,
Dem Wind trotzt, doch kaum vorwärts schleicht,
Ihr Lauf ist's, der dem seinen gleicht.
Mein müß'ges Aug' hat, seit es graut,
Schon ihrem Laufe zugeschaut.
Da dunkler jetzt die Brandung tobt,
Der Tag nicht hält was er gelobt,
Und da sich unsre sichre Bucht
Dem müden Schiffsvolk beut zur Flucht,
So zwingen gleichwohl ihren Nachen
Erst recht sie in des Windes Rachen
Und näher stets dem grausen Riff
Drängt Zug um Zug das schwache Schiff,
Als scheuten sie Artornish-Hall
Mehr noch als Sturm und Wogenschwall."

XIV.

Edith sprach wahr. Es stampfte schwer
Das kleine Schiff im Wogenbrand,
Mühselig' kreuzt es, hin und her
Mit schrägem Bord von Strand zu Strand,
Und brachte weiter nichts zu Stand
Arbeitend Schlag um Schlag,
Als was du wohl verglichst mit Recht
Dem kargen Lohn, um den ein Knecht
Sich quält den lieben Tag.
Sein Lootse trug so kecken Muth,
Daß oft, eh' es gewandt,
Sein Bugsprit küßt die grimme Fluth,
Wo weißen Schaum des Meeres Wuth
Speit an den Felsenstrand.
Doch treu dem Vorsatz müh'te sich
Die brave Mannschaft ritterlich,
Sann nicht auf sich're Flucht,
Bog nach Artornish keinen Strich,
Hielt nicht auf Aros' Bucht.

XV.

Da so mit See und Sturm sie rang,
Lord Ronalds Flotte vorwärts drang
Mit voller Segel Kraft,
Mit seidnen Wimpeln goldgeziert
Und von den Trefflichsten geführt
Der Insel=Ritterschaft.
Brüllend den Kiel das Meer umschäumt,
Das sich um tausend Ruder bäumt,
Doch stets sie vorwärts drängt;

So bäumt das Streitroß sich mit Macht,
Wenn es der Ritter treibt zur Schlacht,
Knirscht ins Gebiß, das schäumend kracht,
Doch geht, wohin er lenkt.
Von den Verdecken allzumal
Schien weit der blanken Panzer Strahl;
Der Helme Gold, der Lanzen Stahl
Flimmerte frank und frei.
Und wie ein Boot sich näher schwang,
Mischt in den wilden Sturmessang
Sich wild're Melodei.
Manch Jubellied gar schrill und hell
Scholl um Saline und Callastel
In feuchter Küsten Rund,
Und Morvens Fels gab Widerhall,
Nach Duart wälzt der ferne Schall
Sich durch den dunkeln Sund.

XVI.

So ziehn sie froh und stolz die Bahn
Und wenn das Boot im Sturm sie sahn,
War's mit dem müß'gen Blick,
Den auf des niedern Knechtes Mühn
Ein Großer im Vorüberziehn
Wohl flüchtig wirft zurück.
Laßt sie dahinziehn ahndungslos!
Doch wüßten sie, wie mächtig groß
Die Beut' im Schifflein sei:
Eh' schont ein gier'ger Wolf bei Nacht
Die Hürden, die kein Hund bewacht,

Eh' unbefragt sie diese Yacht
Ließen an sich vorbei.

Lord Ronald, folge deinem Ziel
Mit Lust und Stolz und Saitenspiel;
Doch säh'st du, wer so nah dir fährt,
Ganz andern Blicks hieltst du ihn werth,
Die Stirn umflöge andre Gluth,
Die jetzt, beschattet von dem Hut,
Die Lust zu zeigen sich bemüht
Des Bräut'gams, der zur Braut hinzieht.

XVII.

Ja zieht dahin! — Uns lockt die Lust
Nicht fort von der betrübten Brust.
Der muntern Schiffe Heer
Begleite Lachen und Gesang
Und Bardenspruch zum Becherklang
Und Lied und Wundermähr,
Und jeder jubelnd wilde Scherz,
Der, macht er auch nicht froh das Herz,
Es doch betäubt, daß es den Schmerz
Vergißt im Lärm umher.
Ja zieht dahin! Bleib du, mein Sang,
Mit jenem Boot vereint,
Wo Klippe dräu't und Wogendrang,
Wo straff ist jeder Sehnenstrang
Und nur ein Mägdlein weint.

XVIII.

Sie mühten bis zum Abend sich;
Da strömt die Ebb' erst fürchterlich
  Zurück aus Haff und Kluft,
Ein Kampf wird in dem Sund entfacht,
Daß schäumend Wog' an Woge kracht;
Hoch spritzen Ströme durch die Nacht
Speersplittern gleich, die in der Schlacht
  Weit sausen durch die Luft.
Des Abends letztes Licht ging aus
Und lauter sang des Wests Gebraus
  Um Inninmore's Gestein,
Da reißt das Segel, kracht der Mast,
Es klaffen alle Fugen fast,
Der Steuermann entsetzt erblaßt
  Und stellt die Arbeit ein.

XIX.

Doch Einer, der stets muthig blickt,
Von Schreck und Mühsal nie geknickt,
  So zu dem Führer spricht:
„Bruder, hoffst wirklich du die Wuth
Noch auszustehn der wilden Fluth,
Und sagst du für die Riffe gut
  Bis zu des Tages Licht?
Bemerktest du des Schiffes Drehn,
Der Planken Krach, des Kiels Gestöhn
  Beim letzten Stoße nicht?
Doch weiß ich nichts zu rathen dir,
Ist auch die arme Schwester hier
  Vor Müh' und Furcht halb todt.

Blick auf die See, blick auf das Land,
Blick in die Nacht: — zu jeder Hand
Tod und Verzweiflung droht.
Um sie nur klag' ich; eignes Weh
Gilt mir für nichts; zu Land und See
Folg' ich, wenn man's begehrt;
Im Sturm und Wetter bin ich dein,
Ich stürz' in ihrer Schiffe Reih'n,
Mit Blut will ihr Bankett ich weihn;
Fall' ich —: die Hand am Schwert."

XX.

Des ältern Führers Antwort war
Das ernst gefaßte Wort:
„Oft in der schwärzesten Gefahr
Kommt Hülfe uns von dort!
Hiß das zerfetzte Segel auf,
Edward; ich steure; seinen Lauf
Lass' ich dem Schiff hinfort.
Der Bai, die uns im Westen droht,
Im Flottenkampf dem sichern Tod,
Entgehn wir so auf flinkem Boot
Gradhin zum Schloß gekehrt;
Denn wenn du eine Hoffnung hast,
Such sie nach heil'gem Recht als Gast,
Der sturmverschlagen fleht um Rast
An eines Häuptlings Heerd.
Wo nicht, ziemt uns zumeist nach Recht,
Werth, Ruhm und edelem Geschlecht
Ein Tod von tapferm Schwert."

XXI.

Die starke Hand das Ruder dreht;
Der volle Wind die Segel bläht,
Und, da sein Weg verkürzt,
Springt fort das Schiff in wilder Eil
Dem Windhund gleich, der frei vom Seil
Auf seine Beute stürzt.
Hell flog voran dem raschen Kiel
Der Meeresfeuer Gaukelspiel
Und blitzt' im Wogentanz;[7]
Wild funkelte der Fluthen Kamm
Und um des Schiffes Seiten schwamm
Ein Zauberflammenkranz.
Und fern nach hinten noch umfacht
Der dunkeln Wogen schwarze Nacht
Ein bläulich düstrer Glanz,
Als schüttelte der Gott der Flut
Von seiner Stirn die Flockengluth
Aus Neid auf jene Pracht,
Die purpurn flammt, ein Meer von Blut,
Um Heklas Mitternacht.

XXII.

Auch fehlte jetzt ein festres Licht,
Sie durch die Nacht zu leiten, nicht;
Schon trat Artornish hoch in Sicht
Zwischen Gewölk und Meer,
Das wohl mit tausend Lichtern heut
Fernhin den Festesglanz verstreut
Auf Land und See umher.

Froh steuern sie nach dem Fanal,
Deß Schimmer mild verfloß
Im bleichern Schein, als sich der Strahl
Des kalten Mondes in das Thal
Von Osten her ergoß.

XXIII.

So flogen sie auf gradem Pfad
Bis sie dem Festland sich genaht,
Von wo gar oft des Sturmes Flug
Wildes Gejauchz herübertrug;
Doch Wind und Wog' und Möwenschrei
Stimmt mit des Trinklieds Melodei,
Wie Leichenklag' und Schmauserei
Und Lärm von fernem Kampf,
Wenn hoch vom Fels der Landmann lauscht,
Wie rasend durcheinanderrauscht
Sieg, Wuth und Todeskrampf.
Und nah durch Nebel schon und Sturm
Hob dunkel sich des Schlosses Thurm;
Des Schattens ries'ger Raum
Fiel weit ins Meer zwischen den Glanz
Von hundert Fackeln, der im Tanz
Umflog den Wogensaum,
Und so mit eitelm Flitterstrahl
Ihn schmückte, wie dies Jammerthal
Der Lüste nicht'ger Traum.

XXIV.

Leewärts im Schutz des ries'gen Bau's
Ruhn jetzt in stiller See sie aus;
In Fels gehauen ist der Weg
Zum düstern Schloß, ein Treppensteg
So eng und hoch und jäh' —:
In tapfrer Hand ein Knüttel schwer
Diente dem steilen Paß zur Wehr
Und hundert Mann mit Schwert und Speer
Begrüb' er in die See.
Und jetzt des Führers Hifthorn schallt,
Daß ringsherum das Echo hallt
Von Thurm, Bucht und Gestein;
Die Angel kracht und knirscht im Thor,
Der Thurmwart streckt die Leuchte vor;
Der nasse Fels die Stieg' empor
Ergänzt von ihrem Schein.
„Willkommen heil'ger Herr; der Zug
Zur Trauung harrt schon lang genug;
Schon fürchteten wir sehr,
Der scharfe Sturm hätt' Eure Yacht
Auf wirrer Flut bei dunkler Nacht
Verschlagen weit ins Meer."

XXV.

„Dein Mißgriff", sprach der Jüngre jetzt,
„Hätt' uns zu heitrer Zeit ergetzt
Als guter Spaß; doch diese Nacht,
Wo auch des Westmeers Wuth erwacht,

Taugt nicht zum Scherz. Dem Fräulein hier
Obdach und Schutz erbitten wir
Nur bis die Nacht vorbei —
Wir ruhn auf des Verdeckes Bank
Sanft wie am moos'gen Waldeshang
Umhaucht vom holden Mai —:
Für unser Schiff zerzaust und wund
Den stillen Ankerplatz im Sund;
Färbt ostwärts sich des Himmels Rund,
So ziehn wir froh und frei."
Der Wächter drauf: „Wer seid Ihr, sprecht,
Daß Ihr begehrt des Gastes Recht?
Woher? Wohin zieht Ihr?
Kommt Ihr von Erins nahem Meer?
Führt Euch der Sturm von Norweg her?
Tragt Ihr nach Englands Flur Begehr?
Nach Schottlands Bergrevier?"

XXVI.

„Krieger sind wir; und so allein
Woll'n wir genannt fürs erste sein
— Denn ein Gelübd' hält uns gebannt —;
Zu Meer und Land dem Ruhm bekannt
Im Sturm und im Gefecht;
So wirksam klingt dies kurze Wort
Vor edelm Ohr, daß es sofort
Auf Gastesschutz in sicherm Port
Uns Anspruch giebt und Recht.
Wenn ihr die kleine Gunst uns leiht,
So preisen wir euch weit und breit
Um euern Rittersinn;

Wo nicht — ist jedem edeln Gast
Dies karge Schloß forthin verhaßt,
Kein müder Pilger suchet Rast,
Kein Wandrer Schutz darin."

XXVII.

„Nein, kühner Fremdling, solchem Worte
Schließt sich kein Riegel unsrer Pforte;
Wiewohl mehr eines Fürsten Droh'n
Als fleh'nder Bitte glich dein Ton.
Und doch — heut Nacht, sei wie es sei,
Steht unsre Halle Jedem frei.
Hättet auf Englands Herrn das Schwert,
Auf unsern Freund, Ihr selbst gekehrt,
Hättet den Harnisch Ihr getragen,
Euch mit dem Herrn von Lorn zu schlagen,
Im grünen Wald in Bann und Acht [12]
Mit William Wallace zugebracht,
Ja wärt Ihr selbst ein Mordgenoß
Des Manns, der Comyne's Blut vergoß,
Des Schurken Bruce —, für diese Nacht
Ist Frieden mit der Welt gemacht.
He! Knappen, zeigt den Gästen hier
Den Weg zur hintern Treppenthür."

XXVIII.

Kühn sprang an's Land das Brüderpaar
(An Bord blieb ihre müde Schaar)
Und bei der Fackeln grellem Schein,
Der qualmend schlug ins Meer hinein,
Trug jetzt der jüngre von den Zwei'n

Zum Fels die holde Last;
Ihr Haupt auf seine Schulter sank
Umwallt von Locken schwarz und lang;
So schwankt des wilden Weins Gerank
Vom starren Eichenast.
Der Aeltre folgt mit einem Schwert,
Das in der Scheide stak, bewehrt,
Wie's selten Einer schwang,
Doch das, wenn just sein Muth ihn trieb,
Im Nu den stärksten Helm zerhieb,
Den dicksten Schild durchdrang.

XXIX.

Durch das gewölbte Thor trat man;
Ein eh'rnes Gatter kam alsdann;
Drauf ein gewundner Gang,
Wo, drang ein Feind bis hieher vor,
Im Hinterhalt ein Schützencorps
Aus mancher Mauerschart' hervor
Gab häßlichen Empfang.
Doch jeder wicht'ge Posten war
Heut unbesetzt, des Riegels baar;
Für Jeden frei der Gang
Bis in ein Zimmer, eng und schlecht,
Da zechten Junker, Pag' und Knecht
Mit Lärmen und Gesang.

XXX.

„Hier ruht Euch aus!“ der Wächter sagt,
„Bis ich um Euch den Herrn gefragt —:

Und ihr — starrt doch der Dirne nicht
Und diesen Herrn so ins Gesicht,
Als hättet nie vorher
Ihr eine reisemüde Frau
Und Wanderer von kräft'gem Bau
Gesehn in Kriegeswehr."
Allein Eachins tadelnd Wort
Scheucht Knappen nicht, noch Pagen fort;
Rings stehn sie wie gebannt,
In höf'schen Sitten ungelehrt,
Bis Edward rauh dazwischen fährt,
Ihm, der am nächsten stand,
Den Plaid entriß und — sie den Blicken
Der rohen Gaffer zu entrücken —
Ihn um die Schwester wand.
Sein Bruder, als der Bursch mit Groll
Ihn scheel ansah, hat nachdrucksvoll
Des Wortes ihn gewährt:
Vasall, und wär' es Goldbrocat,
Wär's deines Fürsten Hochzeitsstat,
Durch sie würd' er geehrt.

XXXI.

Stolz war sein Ton, doch heftig nicht;
Ruhig und fest des Auges Licht,
Voll ernster Hoheit sein Gesicht,
Der niedrer Sinn sich beugt.
Nicht braucht' es Zeichen erst noch Wort —
Wink, Blinzeln, Kichern — Alles fort!
Sie drückten rasch sich hier und dort
Wie Wild, das man verscheucht.

Nun schickt der Lord den Seneschall,
Der lud die Fremden ein mit Schall
Zum Prunksaal von Artornish-Hall;
    Da schmaus't in frohem Kreis
Der Inselfürst im Hochzeitskleid,
Die holde Braut an seiner Seit',
Und an den kühnen Bruder reiht
Sich mancher Häuptling, weit und breit
    Des Westlands Ruhm und Preis.

Hier, Herrn und Damen, ruht das Spiel;
Doch wenn Euch meine Mähr' gefiel,
Geduldet kurz Euch, da alsbald
Mein Minstrelsang von neuem schallt.

Zweiter Gesang.

I.

Füllt goldne Humpen, deckt den Tisch zum Schmaus,
Ruft Schönheit, Frohsinn, Jugend zum Gelage,
Laßt durch die Hall' in fröhlichem Gebraus
Scherz und Musik ersticken jede Klage!
Doch ob das Glück hier weile? — Laßt die Frage!
Ob krampfhaft lache die gequälte Brust
Und ob die Stirn des Herzens Falten trage?
Heb' nicht die Maske! — Wohl ist dir bewußt,
Daß Erdenweh sich mischt in jede Erdenlust.

II.

Bei Becherklang und Harfenspiel
Und was dem Herzen sonst gefiel,
Saß Ronald in der Gäste Reih'n;
Doch zuckt' ihm oft ein düstrer Schein
Im Aug' und seine Stirn umzog
Ein plötzlich Roth, das rasch verflog;
Von etwas Tieferm schien sein Herz
Bewegt als von des Festes Scherz.

Dann starrt' er und vergebens klang
Des Sprechers Mähr', des Harfners Sang,
Und summte wie ein ferner Chor,
Den man im Traum hört, ihm ins Ohr;
Dann fuhr er auf und nahm in Eil
Recht an dem tollsten Jubel Theil
    Bei Rundgesang und Wein,
Daß ein'ge Zeit er in der Schaar
Der lautste von den lauten war,
    Der frohste — s c h i e n zu sein.

III.

Die Menge hatte d'raus kein Arg,
Daß oft er sann, mit Scherzen karg;
Das taube Ohr, der öde Blick
Galt seinem nahen Minneglück;
Des Bräutigams verhaltner Gluth
Stand auch des Jubels Ausbruch gut.
So dachte nicht die Meng' allein;
Der stolze Lorn, empfindlich fein,
Ging seines Hauses Ehr' es an,
Und Argentine, der kluge Mann,[8]
(Von Englands hohem Herrn gesandt
Fester zu ziehn der Völker Band)
Sie sahn nur den Verliebten heut
In Ronald — heftig und zerstreut.
E i n Herz, e i n Schmerzensaug' allein
Drang tiefer in das Dunkel ein
Und zwang mit Angst sich und mit Graun
Des Bräut'gams Launen zuzuschaun.

IV.

Sie folgte seinem Blick, doch wich
Ihm aus. Er selber scheute sich;
Sie trafen sich: kein Lanzenstich
War je so tödtlich spitz.
Er wand sich in dem grimmen Schmerz;
Doch rasch ermannte sich sein Herz,
Er blieb sich treu in Ernst und Scherz
Und sprang von seinem Sitz.
„Füllt mir den mächtigen Pokal,
Den Somerled erhub beim Mahl![9]
Füllt ihn, bis am demantnen Saum
In glüh'ndem Golde perlt der Schaum
Und jeder bunte Edelstein
Doppelt erglänzt im ros'gen Wein!
Dir, edler Lord und Bruder mein
Von Lorn, sei er gebracht!
Dein Haus und meins soll eines sein
Von dieser Hochzeitsnacht!“

V.

„Die Reih herum!“ rief der von Lorn.
„Und glücklich trifft's — da tönt das Horn,
Das uns den Abt herführt;
Das Pfäfflein kommt gar schwer in Gang!“
Lord Ronald hört den Hifthorn-Klang
Und aus der Hand der Becher sank
Zu Boden, unberührt.
Doch als der Thurmwart in sein Ohr
Die Mähr' ihm sagt, glänzt wie zuvor

Sein Blick wie Maienschein,
Der durch Gewitterwolken birst;
Er der zweihundert Inseln Fürst
Scheint so vergnügt zu sein,
Wie's wohl ein armer Sünder ist,
Der von dem Rad und Galgen Frist
Erhält ein Stündelein.

VI.

Rasch rief er: „Bruder Lorn und ihr,
Hochedle Herrn, freut euch mit mir,
Die Festlust wird vermehrt!
Zwei fahr'nde Ritter weit daher
Sind angelangt, zu Land und Meer
In Kämpfen wohl bewährt.
Heda! Laßt sie zu Tisch sich setzen,
Bewillkommt sie, ehrt sie mit Plätzen
Wie sie ihr Rang begehrt!"
Der Seneschall tritt ernst heran,
Sieht sich die Fremden prüfend an,
Erhebt den Silberstab und führt
Zum Platz sie hin, wie sich's gebührt.
Denn war auch abgenutzt
Der feine Pelz am Mützenrand,
War auch zerschabt ihr reich Gewand,
Der Sporen Gold beschmutzt,
So strahlt um Mienen und Gesicht
Doch solcher hohen Anmuth Licht,
Wie's nur dem Ehrensitz entspricht,
Dem Königsplatz beim Mahl.
Dahin weist sie des Marschalls Pflicht
Ganz obenan im Saal.

VII.

Geflüster rings; es schilt der Blick
Der Herrn und Frau'n das Ungeschick,
Das Gästen fremd und ungenannt
Den Platz am Throne zuerkannt.
Doch Owen Erraught sprach:
„Als Seneschall schon vierzig Jahr
Führ' ich die Fremden immerdar
In Hall' und in Gemach.
Mir macht Geburt und edeln Stand
Haltung und Blick und Ton bekannt,
Nicht Stickerei und Pelzgewand!
Mein Scepter setz' ich ein
Für einen Eichenschaft, daß schon
Gar oft ein Sitz auf höherm Thron
Gewährt ward diesen Drei'n."

VIII.

Der alte Ferrand sprach: „Mein Stand
Als Minstrel macht mich auch bekannt
Mit Adel und mit Rang.
Saht ihr des jüngern Augen nicht,
Wie stolz und scharf ihr funkelnd Licht
Umher gleich Blitzen sprang?
Als sucht' er in dem edeln Haus
Sogleich die Edelsten sich aus,
Als wollt' es sich für ihn nicht schicken
Auf die, so ihm nicht gleich, zu blicken.
Doch mehr bin ich erbaut

Durch jene Stirn voll Majestät,
Mit der der ältre still und stät
Den Festsaal überschaut,
Ein Wesen höh'rer Welt entstammt,
Das in parteilos hohem Amt
Auf Menschen-Rang und Unterschied
Als auf gleichgült'ge Dinge sieht.
Die Dame dann — birgt die Umhegung
Des Mantels gleich Aug' und Gesicht —
Versteckt die Anmuth der Bewegung,
Der Formen Ebenmaß doch nicht."

IX.

Dunkler Verdacht und Ingrimm schlich
Um Lorn's hochmüth'ge Stirne sich,
Ernst sah man unter stolzen Brau'n
Sein Auge nach den Gästen schaun.
Sacht flüstert' er zu Argentine,
Was Niemand sonst zu hören schien,
Dann fragt' er laut und keck, —
Ob nichts von Schotten auf der Fahrt,
Von den Rebellen er gewahrt
Um ihr Banditen-Haupt geschaart
In Rath-Erins Versteck.[10]
Ob sie, seitdem der Winter schwand,
Noch rasteten an Ulsters Strand:
Ob die Korsaren sich gewandt
Zum Raubzug in ihr Vaterland?

X.

Drauf stolz und rasch der jüngre Gast
Den Häuptling fest ins Auge faßt
Mit gleichem Hohn wie Lorn:
„Rebellen hab' ich nicht gesehn,
Doch Bruce, der König — meinst du den —
Der, weiß ich, schwur im Zorn:
„Eh' noch neun Tage gehn ins Land,
Weht mein Panier am schott'schen Strand,
Trotz Widersachern allerhand,
Trotz Pfeil und Beil von Engelland,
Trotz Allaster von Lorn!"
Aufflammt des Häuptlings Zornesmuth;
Doch Ronald rasch erstickt die Gluth
„Bruder, es paßt sich besser heut,'
Daß Ferrands Reim die Nacht zerstreut,
Als daß bei Wein und Festlichkeit
Mißklänge weckt der böse Streit!"
„Gut!" sagte Lorn, nahm Ferrand vor
Den Barden-Meister, sprach ins Ohr
Zu Argentine ganz sacht:
„Ich wählt' ein Lied, das dringt mit Schmerz
Tief in der Gäste stolzes Herz,
Ist's wahr, was ich gedacht!"
Er schwieg; still ward es überall,
Dann weckt den Saal des Minstrels Schall:

XI.

Die Spange von Lorn.

„Sagt, woher die Spange stammt,
Die an des Häuptlings Mantel flammt,
Goldgetrieben, seltsam fein,
Besetzt mit köstlichem Gestein,
An dem bunten Tartan schimmernd
Wie durch Regenbogen flimmernd,
Nahe bald, bald wieder fern
Funkelnd blitzt des Nordens Stern?

Hochlands Höh'n dich nicht erzeugten!
Schuf die Nixe dich im feuchten
Quell? Schuf dich die Meeresfrau
Im korallnen Höhlenbau?
Flocht in Islands finsterm Berge
Dich das schwarze Volk der Zwerge?
Zeugst du, geformt durch Menschenkunst,
Von Frankreichs Furcht? von Englands Gunst?

XII.

(Fortsetzung des Gesangs.)

Nicht entfachte deinen Blitz
Fremde Kunst noch Feeenwitz;
Nein, zum Königsschmuck bestimmt,
Um ein Herz, stolz und ergrimmt,
Nesteltest den Purpur du
Des Tyrannen Bruce einst zu.

Ihm im Auge jetzt ein Dorn
Schmückst du seinen Sieger, Lorn.

Als das Kleinod ward entwandt,
Tobte laut der Krieg durch's Land,
Donnerte Bendourish's Wall,
Weckte Douchart's Widerhall,
Floh das Wild von Teyndrums Feld,
Als der Mörder, rings umstellt,
Kaum entflohn des Rächers Zorn,
Ließ dies Pfand dem Sieger Lorn.

XIII.

(Schluß des Gesangs.)

Douglas schwang umsonst sein Schwert,
Campbell war umsonst bewehrt
Und Kirkpatricks Mörderstahl
Sucht' umsonst sein blut'ges Mahl.[12]
Barendown war rasch entflohn
Mit La Haye, da glänzte schon[13]
Im Triumph die Spange vorn
An der Brust des Siegers Lorn.

Bruce entfloh in wilder Eil,
Ließ sein Volk dem Strick und Beil;
Hochlands Schwerter hatten satt,
Englands Galgen, Axt und Rad;
So von Comyn's Geist gehetzt
Flieh' er stets —; du leuchte jetzt
Ew'gen Ruhmes Strahlenborn,
Spange, seinem Sieger Lorn."

XIV.

Wie wild der Tiger starrt umher
Umzingelt rings von Pfeil und Speer,
Und eh' zum Sprung er setzet an,
Sich erst im Kreis sucht seinen Mann,
So sucht, die Hand am Schwert, von fern
Edward bald Ferrand, bald den Herrn.
Doch ernst gebeut sein Bruder Stille:
„Wie? Ist so ungezähmt dein Wille
Nach all den Kämpfen schwer und lang,
Daß dich erhitzt ein Minstrelsang? —
Gut, Alter, war dein Reim gestellt
Zum Preise deß, der dich erhält.
Doch konnte dein Gesang wohl melden
Von Lorn's Vasallen, den drei Helden,
Die ihren Herrn im bittern Streit
Getreu aus Brüce's Hand befreit;
Schon lag er unter seinem Knie:
Ihn zu erretten fielen sie.
Im Todeskrampf riß ihre Hand
Dem Bruce die Spange vom Gewand,
Als hundert Feinde neu eindrangen
Und ihn vom Sieg zum Rückzug zwangen,
Da Lorn schon längst — vergnügt, sein Leben
Zu retten — sich des Kampf's begeben.
Genug davon — als Minstrelsold
Nimm diese Kette hier von Gold;
Wenn du dann künftig singst, so thu's
Mit etwas mehr Respect vor Bruce.

XV.

„Bei aller Heiligen Gebein
In St. Columba's Tempelschrein
Er ist es selbst!“ — rief wild der Lord
„Und stirbt für meines Vetters Mord!“
„Halt!“ rief Ronald so laut wie er, —
„So lang' ich trage meine Wehr,
Leid' ich nicht, daß in meiner Halle
Ein Fremdling überwältigt falle.
Dies alte Schloß der Ahnen mein
Soll Zuflucht der Bedrängten sein,
Allen Verfolgten Schirm und Veste,
Kein Schlachthaus see=verschlagner Gäste!“
„Sprich nicht zu mir“ — rief Lorn in Wuth —
„Von Ueberwält'gung! Comyn's Blut
Floß von drei Dolchen auf einmal.
Sprich nicht vom Schutz im Ahnensaal;
Die Kirche selbst sah Comyn fallen,
Sein Blut von dem Altare wallen.
Und über dem Erwürgten stand
Die blanke Klinge in der Hand
Der Mörder ruchlos — just wie hier.
Die ihr mich liebt, heran zu mir!
Kommt all herbei, streckt Schlag auf Schlag
Die Schurken nieder im Gemach!“

XVI.

Und auf sprang mancher Festlands=Lord
Gehorsam des Gebieters Wort.

Barcaldine hoch die Waffe schwang
Und Kinloch-Alline's Stahl war blank.
Murthok's Stilet der Scheid' entsaust,
Geballt ist Dermid's Todesfaust;
Verhaltne Racherufe schwellen,
Bis furchtbar sie als Schlachtschrei gellen.
Die Waffen hoch, so dringt man vor.
Entsetzt zerstiebt der Frauen Chor;
Und, Schottland, vor dem Mittag wäre
Erbleicht die Sonne deiner Ehre,
Hätten die Herrn von hohem Namen,
Die von des Westmeers Inseln kamen,
An Ronald's Seite nicht sogleich
Gehindert Lorn's blutdürst'gen Streich.

XVII.

Torquil Dunvegan sprang herbei,
Der Herr des Nebellandes Skye,
Mac-Niel, des wilden Bara Than,
Duart, von Gillian's kühnem Clan,
Fergus, von Canna's Schloß am See,
Mac Duffith, Lord von Colonsay;
Kaum sahen sie die Schwerter blinken,
Flog auch das ihre von der Linken,
Den stets verschobnen, alten Streit
Gern wieder zu erneu'n bereit,
Der oftmals zwischen Argyle's Land
Und manchem Insel-Herrn entbrannt.
Wild war die Scheu: die Schwerter baar,
Nach rückwärts wallt das zott'ge Haar;

Finster einander zugekehrt
Trifft Blick auf Blick und Schwert auf Schwert,
Und über dem verlaßnen Mahl
Blitzt blau im Fackellicht der Stahl.
Bald blinkt der Hochzeitskerzen Schein
In Blut wohl statt im ros'gen Wein.

XVIII.

So sind, bereit zum Todesstoß,
Die Herzen wach, die Waffen bloß,
Die Reih'n geschaart — doch hält man ein
Aus Scheu das Gastrecht zu entweih'n.
Gewalt droht rings — doch Alle ruhn,
Um nicht den ersten Schlag zu thun.
(Denn ewig ist im Lied verflucht,
Wer beim Gelage Händel sucht)
Und gleich vertheilt nach Zahl und Macht,
Hart und verzweifelt scheint die Schlacht.
So war Gemurr und Drohn verhallt
Und auf dem vollen Saal lag bald
Solch Schweigen, wie im stillen Thal,
Eh' um die Höhen zuckt der Strahl.
Sie sah'n, das Schwert gestreckt zum Streich,
Dem alten Bild des Fechters gleich,
Dem Marmor, der zum Kampf erwachte,
Wenn ihn nur Lebensglut durchfachte.

XIX.

Die bange Pause voller Graus
Ersah die fremde Maid sich aus,

Mit Edith rasch zu Rath zu gehn
Und Argentine um Schutz zu flehn.
Und wie sie mit dem Ritter spricht,
Zieht sie den Schleier vom Gesicht.
Hold war im Jammer anzusehn
Der Augen Glühn, der Haare Wehn.
„Du Blume edler Männlichkeit,
Schutz der Bedrängten jederzeit,
Der du in Juda kühn gestritten
Für's Christenthum, in Rittersitten
Geübt, dem diese arme Hand
Den Preis oft um die Stirne wand,
Kannst du als Mann von Ehre sehn,
Daß Viele gegen Wen'ge stehn?
Daß schnöd' erwürgt in diesen Hallen
Die Meinen, einst dir theuer, fallen?"
Sie sprach zu Argentine das Wort,
Doch sucht ihr Blick den Insel-Lord;
Ein Glühn wie Abendroth umschwebt
Die Wang' ihm rasch; ein Krampf durchbebt
Den kräft'gen Körper, daß er schüttert;
Sein Auge flammt, die Stimme zittert.
„O Isabel, hab guten Muth,
Nein Edith! — o! 's ist Alles gut.
Sei furchtlos, mir bist du vertraut;
Ich schütze meine süße Braut.
Braut?" — Stammelnd stockten und befangen
Der Stimme Töne — und verklangen.

XX.

Doch Argentine ergriff das Wort:
„Für meinen Souverain und Lord
Nehm' ich durch meines Amtes Kraft
Hier die Gefangenen in Haft,
Die lehnseidbrüchig Engelland
Befehdet mit bewehrter Hand.
(Dies Wort gab, dünkt mich, ihm allein
Der Wunsch, sie zu erretten, ein,
Da nie von echterm Schrot und Korn
Als er ein Ritter trug den Sporn).
Und Ronald, der den Wink verstand,
Bot halb dazu bereits die Hand.
Doch ward von Torquil er gestört,
Der wild rief: „Schon hab' ich gehört
Von Englands Joch; doch ein Gerücht
Auf unsern Inseln flüsternd spricht,
Daß Bruce, vor fremdem Schwert entflohn,
Das beste Recht hat auf den Thron.
Dies will bedacht sein. Möglich zwar,
Der Herr aus England dort spricht wahr;
Mag England seine Meutrer dann
Daheim ergreifen, wo es kann:
Hier sind wir Schotten und als Gäste
Vereint zu frohem Hochzeitsfeste.
Hier soll, so lang wir Schwerter tragen,
Nicht Argentine noch Lorn es wagen
Dem edeln Paar vor unsern Blicken
Zu drohn mit Mord und Kerkerstricken."

XXI.

Da tobt der wilde Streit auf's neu
Mit eitelm Lärm und Wuthgebräu;
Vasall und Knecht drängt auch hinein
Und mehrt den Greul mit grimmem Schrein,
Als fernher tönend Hifthornklang
Vom dunkeln Meer zur Halle drang.
„Der Abt kommt!“ riefen Alle laut,
„Der Heil'ge, der Gesichte schaut
Beim innern Gnadenschein.
Ihm sind oft Engel auf dem Pfad
Am Strand des Märtyrer's genaht
Und bei Columba's Stein.
Die Mönche hörten Hymnensang,
Der von den Höh'n Dun-Y's erklang,
Wenn büßend er allein
An jedem Kreuz um Berg und Thal
Den Rosenkranz dreihundertmal
Durchbetete und all die Zahl
Der Ave's zwischenein.
Der heil'ge Mann vom heil'gen Strand
Ist als Vermittler uns gesandt;
Wir stehn auf seinen Wink bereit,
Der Abt soll schlichten unsern Streit.“

XXII.

Als kaum dies Wort den Lärm beschwor,
Ziehn durch das weite Flügelthor
Zwölf schwarze Mönche ein.

Barfuß, mit Kerzen in der Hand,
Umstrahlt von düstrer Fackeln Brand,
Kreuzträger hinterdrein.
Und jede Hand zum Kampf bewehrt,
Gezückter Dolch und blankes Schwert,
Sank plötzlich wie gebannt;
Und glitt des Priesters Blick so schnell
Vorbei, als wär's ein Stern, der hell
Aufblitzte und verschwand.

XXIII.

Der Abt hoch auf der Schwelle stand,
Das heil'ge Kreuz in seiner Hand,
Rückwärts geschlagen das Gewand:
So strahlte grell und jäh
Gestreift vom rothen Fackellicht
Sein Meßgewand, sein welk Gesicht,
Sein blaues Auge kalt und licht,
Der dünnen Locken Schnee:
Er sprach: „Lab' Unsre liebe Frau
Euch mit des Himmels Friedensthau
Und Benedicite!
Doch wie? Ist dies ein Friedensmahl?
Ziemt für ein Brautfest blanker Stahl?
Darf nackte Schwerter schaun
Der Priester, den ihr zum Altar
Entbotet, ein verlobtes Paar
Mit Hand und Herz zu traun?"

XXIV.

In frommen Eifer Haß und Zorn
Verhüllend sprach der stolze Lorn:
„Du kommst, o heil'ger Mann,
Der Kirche treue Söhne hier
Zu grüßen — und dort steht vor dir
Ein Schächer, noch im Bann
Von Kirch' und Papst für einen Mord
Vollbracht an hochgeweihtem Ort,
Am Altar selbst. Wohl magst du fragen,
Warum wir ihn nicht gleich erschlagen,
Warum ihm gönnen Fried' und Gruß,
Dem excommunicirten — Bruce?
Doch mag, den Streit gleich abzuschneiden,
Dein heil'ger Spruch sein Loos entscheiden."

XXV.

Doch Ronald schützt den Gast und spricht
Für Ritter=Eid und Ehrenpflicht
Und Isabelle knieend fleht
Zum Abt mit Thränen und Gebet;
Und edelmüthig ihr vereint
Fleht Edith — Lorn um Gnad' und weint;
Doch der: „Verworfne, fort von hier!
War's nicht genug, du kamst mit mir
Zu Ronalds eigenem Gemach,
Als liefst du deinem Buhlen nach? [14]
Du harrtest wie am Thor die Magd,
Bis es dem Herrn zu nahn behagt.

Warb Clifford nicht von Cumberland,
Der tapfre Lord, um deine Hand?
Er soll sie haben! Still! Nicht näh're
Dich mir mit der Rebellenzähre!“
Den Abt schmerzt tief ihr Mißgeschick,
Doch senkt er nicht den strengen Blick.

XXVI.

Als Argentine drauf mit Gewicht
Für seines Lehnsherrn Rechte spricht,
Facht er den Funken an, der tief
Bis jetzt in Ronalds Busen schlief,
Und wie vom Stein das Feuer sprüht,
Flammt hoch im Zorn auf sein Gemüth:
„Genug des edeln Blutes floß,
Das Englands Edward hier vergoß,
Seit er den besten Mann verhöhnt,
Des Wallace Haupt mit Laub gekrönt[15]
Und ihn erwürgt durch Henkers Hand,
Weil er geschützt sein Vaterland.
Wo ist jetzt Nigel Bruce? Und wo
La Haye und Seton, keck und froh?
Wo Somerville voll Mild' und Kraft?
Fraser, der Preis der Ritterschaft?
Zersägt, geviertheilt, grause Beute
Der Geier und der wilden Meute!
Und gehen kalt wir hier zu Rath,
Zu mehren dieser Opfer Saat?
Wie? Sättigt denn des Nordens Blut
Niemals des Leoparden Wuth?
Riß man nicht Athols Leib in Fetzen,
Den kranken Bluthund zu ergetzen?[16]

Und sagt er, bis sein Stündlein schlägt,
Denn nichts als: Hängt, köpft und zersägt?
Du grollst, de Argentine? Nimm hier
Mein Pfand — und ich beweis' es dir!"

XXVII.

Kühn ruft Dunvegans Ritter drein:
„Du ziehst nicht in den Strauß allein.
Bei allen Heil'gen weit und breit,
Bei Wodan — meines Ahnherrn Eid —,
Was England auch und Rom versucht,
Ob es ihn ächtet und verflucht,
Wenn Bruce mit Freunden unverzagt
Sich noch einmal in's Schlachtfeld wagt,
Wenn Douglas wieder schwingt die Lanze,
Randolph sich schickt zum Kriegestanze,
Soll's nicht am alten Torquil fehlen,
Und auf zweitausend kann er zählen.
Mein guter Abt, erhitzt Euch nicht,
Wenn etwas keck der Alte spricht,
Sein rauhes Wort, sein trotz'ger Muth
Schmeckt noch nach wildem Nordmanns-Blut.
Mir ist die Freiheit nimmer feil
Für Englisch Geld und Römisch Heil."

XXVIII.

Streng blickt' und ernst der heil'ge Mann
Bei solchem Wort den Häuptling an.
Zu König Robert dann gewandt
Setzt' er erst zweimal an; ihm schwand
Der Muth vom Heldenblick durchschüttert;
Sein Auge sinkt, die Stimme zittert.

Als endlich Fassung er und Ruh
Gewonnen, fragt er streng: — „Und du,
Unglücklicher, was kannst du sagen,
Das mir verbeut dich anzuklagen
Der Schuld, auf die der Kirche Recht
Den Bann legt, der zum Höllenknecht
Dich macht und dir auf ew'ge Zeit
Verschließt des Himmels Herrlichkeit,
Den Fluch, an Kraft so unbeschränkt,
Daß Leben er und Tod vermengt,
Dich jedes Engels Schutz beraubt
Und jedem Teufel weiht dein Haupt,
Dich aus der Kirche Schooß verjagt,
Erhörung dem Gebet versagt,
Gegen dich waffnet jede Hand
Und die dir beistehn, gleichfalls bannt,
— Selbst die mit Gaben noch so klein
Dir in der Nothdurft Hülfe leihn —
Dich quält im Leben, und im Tod
Mit fernern Strafen dich bedroht,
Dein Wappenschild vom Sarge reißt,
Das heil'ge Grablied schweigen heißt,
Den Leichnam vom geweihten Grund
Fortstößt zum Fraß für Rab' und Hund —?
Das ist Rom's Fluch, der grauenvoll
Den Tempelschänder treffen soll,
Und dieser Fluch trifft dich mit Recht,
Der solcher Greulthat sich erfrecht."

XXIX.

Und Bruce versetzt: „Abt, deine Klage
Stell' ich des weitern nicht in Frage.

Doch merk dir Eins: Nicht, wie es scheint,
Aus Rachsucht war die That gemeint;
Comyn starb als ein Landesfeind.
Ich klage nicht die Freunde an,
Daß sie zu rasch mein Werk gethan,
Noch tadl' ich sie, von deren Zungen
Der grause Bannfluch ist erklungen;
Ich tadle meine eigne Wuth
Durch Schottlands Leid entfacht zur Glut;
Gott weiß, daß ich zu sühnen strebe,
Was ich verbrach, so lang' ich lebe.
Er lös't den reuemüth'gen Mann
Von Papstes Fluch und Priesters Bann.
Ist erst mein nächstes Werk vollbracht
Und Schottland frei vom Joch gemacht,
Bringt mancher Priester im Talar
Manch Requiem für Comyn dar.
Das heil'ge Kreuz auf dem Gewand
Zieh selbst ich zum gelobten Land
Und sühne dort mit tapfrer Hand
Die That, die mich von hier verbannt.[17]
Und so bekennend meine Schuld
Fleh' ich die Kirche um Geduld.
Euch aber, Argentine und Lorn,
Stopf' ich im tiefsten Hohn und Zorn
Das Wort Verräther in den Schlund
Und thu' euch selbst als Lügner kund.
Hier schließ' ich; kurz ist mein Bericht;
Thu' was du willst, mehr beicht' ich nicht."

XXX.

Als hielt' ein Wunder ihn in Bann,
Blickt starr der Abt den König an
Und der Verzückung Glanz umflicht
Sein bleiches, bebendes Gesicht.
Er athmet tief, er athmet schnell;
Aus seinen Augen blau und hell
Gehn Strahlen wild und wunderbar;
Zu Berge steht sein Silberhaar,
Die Stirne glüht; es schwellt das Blut
Die Adern mit azurner Flut.
Ein unverständlich Murmeln brach
Das bange Schweigen, bis er sprach:

XXXI.

„Ich trat mit dem Entschluß herein,
De Bruce, dein Haupt dem Fluch zu weihn; [18]
Ihm, der voll Blutdurst nach dem Leben
Dir trachtet, dich zu übergeben.
Doch wie der Midianiter stand[*]
Auf Zophim's Höhen, gottgebannt,
Fühl' ich mein altes Herz durchzückt
Von einer Macht, die nichts erstickt.
Sie spricht in mir, durchwogt mein Blut,
Brennt, bändigt mich, treibt mich zur Wuth.
Bruce, frevlerisch erschlugst du zwar
Den Gegner vor des Herrn Altar,
Und doch — Ein Höh'rer nöthigt mich —
Ich segne dich, Gott segne dich!"
Sprach's und auf der erstaunten Schaar
Lag Schweigen tief und wunderbar.

XXXII.

Und wieder seine Augen glühn
Und wieder ragt er hoch und kühn.
Des Alters matte Stimm' ist fort,
Voll Manneskraft ertönt sein Wort:
„Dreimal besiegt im Feld; dein Heer
Erwürgt, gefangen, ohne Wehr;
Umhergehetzt im öden Land,
Ein Flüchtling an entferntem Strand,[19]
Verstoßen, elend, kümmerlich —
Ich segne dich: Gott segne dich!
Ich segne dich in Hall' und Feld,
Dich im Gemach und Kriegeszelt,
Der heimathlichen Schande Rächer,
Des heimathlichen Jochs Zerbrecher,
Dich mit dem Schwert, dich mit der Krone,
Den rechten Herrn auf Schottlands Throne;
Dein Name, so mit Ruhm gepaart,
Bleibt ew'gen Ehren aufgespart.
Der Vater sagt's in fernster Zeit
Dem Sohn, wie du dein Land befreit,
Und in der Kinder erstem Lallen
Hört man den Namen Bruce erschallen.
Geh denn die Siegesbahn entlang
Als Stoff zu manchem Heldensang.
Er, dessen Wort begeisternd mich
Erfüllt, er selbst — Gott segnet dich.
Genug, schon sinkt die kurze Kraft,
Die flammend mich emporgerafft.
Gott selbst hat unsern Plan zerbrochen:
Der Ehe Schwur bleibt ungesprochen.

Kommt, unser Auftrag ist verrichtet;
Lichtet die Anker, Brüder — lichtet!"

Und in der Priester Arme sank
Er athemlos, erschöpft und krank.
Gehorsam ihres Meisters Wort
Besteigt die Schaar des Schiffes Bord,
Stößt ab vom Land und segelt fort.

Dritter Gesang.

I.

Vernahmst du's, wie des Donners heft'ger Schlag
Krachend herabfuhr, grollend dann im Hall
Des Echo's hinstarb — und nun Schweigen lag
Auf Wald und Feld und Fluren — überall?
Kein Halm bebt auf dem grasbedeckten Stall,
Der zitternden Espe Laub ist stumm und still,
Der Goldlack weht nicht auf dem Trümmerwall,
Bis fern erst summend, doch bald nah und schrill
Herrast der Sturm und fegt die Berge mit Gebrüll.

II.

Artornish-Hall, solch Schweigen sank,
Als des Propheten Wort erklang
Auch auf dein Festgemach.
Als schon der Süd in's Segel schlug
Und heim die frommen Brüder trug,
Ward noch kein Flüstern wach;
Dann wagt sich Furcht und Zweifel vor,
Der leis gesummt in's bange Ohr
Zuerst die Stille brach;

Doch blickten Alle noch gespannt
Zur Fensterbucht, wo Ronald stand
Und eifrig sprach zu Lorn gewandt.
Doch Lorn schien trotzig sein Begehren
Mit Hand und Mienen abzuwehren.

III.

Dann fährt er auf mit droh'ndem Blick,
Schüttelt das Haupt und springt zurück,
Indem die Faust er hebt:
„Siehst du für so gemein mich an,
Daß ich den Mord vergessen kann
Und drücken jene Hand, daran
Des Freundes Herzblut klebt?
Zahlst du mit diesem Rath die Schuld
Für alte Brüderschaft und Huld?
Ja, wer euch Inselleuten traut,
Der hat auf Ebb' und Flut gebaut.
Nun gut! wir woll'n uns wieder sprechen:
Wer Unrecht trägt, kann Unrecht rächen.
Ruft Edith, meine Schwester, her!
Das Fräulein, Sclaven! Nimmermehr
Beut solche Schmach man ihr noch mir.
Komm, Argentine, komm fort von hier.
Nicht Freundschaft ihm, noch Brudergruß,
Der wider England steht für Bruce!“

IV.

Doch wer beschreibt den Zornessturm,
Als rings im Schloß vom höchsten Thurm

Bis zu dem tiefsten Burgverließ
Kein Fräulein Lorn sich finden ließ.
Er tobte: „Hinterlist, Verrath!
Blut, Rache für die Frevelthat!
Fürstlichen Lohn, bei meinem Leben,
Ein Herrengut will ich ihm geben,
Der sie mir rächt!“ Kaum daß der Wuth
Die Nachricht etwas Einhalt thut,
Morag hab' im Gewirr der Nacht
Sich mit ihr auf die Flucht gemacht,
Und beide, unbemerkt entkommen,
Zum Schiff des Abts den Weg genommen.
„Bemannt die Böte! Fliegt! Sogleich!
Der Pfaff soll büßen mir den Streich!
Ha! Nächstens wird, so seh' ich's enden,
Ihm Rom den schönsten Dank noch spenden
Für die Propheten-Gaukelei.“
So tönte Lorn's ergrimmter Schrei.
Und Cormac Doil gehorcht in Hast;
Er hißt sein Segel auf am Mast —
Denn wo ein Fang zu hoffen war,
Da fehlte nie Doil der Korsar —:
Doch Andre flüsterten bei Seit':
„Es hat ihr Mädchenherz die Maid
    Dem Inselherrn geschenkt,
Und da des Bruders hartes Wort
Sie jüngst versprach dem fremden Lord,
    So flüchtet sie bedrängt
Sich zu Jona's heil'gem Haus
Und harrt dort als Novizin aus,
Bis diese Fehden wild und graus
    Der Abt zum Frieden lenkt.“

V.

So tobt ohnmächt'gen Zornes voll
Noch Lorn, daß rings die Halle scholl:
„Mein Roß, mein Mantel und mein Troß!
Wer Lorn ehrt, bleibt hier nicht im Schloß!“
Da richtet kühn, doch fein von Sitte
De Argentine an Bruce die Bitte:
„Herr Graf — ich kann mich nicht erwehren,
Mit diesem Titel Bruce zu ehren,
Hat er verwirkt gleich Würd' und Land,
Seit er entfacht des Aufruhrs Brand —
Graf oder Sclav denn — doch vorhin
Sprachst du ein Wort von solchem Sinn,
Daß ich dich bitten muß, in Ehren
Genugthuung mir zu gewähren.
Es braucht nicht erst der Worte viel:
Geübt sind wir im Waffenspiel.
Nach Ritterbrauch denn sei so gut,
Steck diesen Handschuh an den Hut,
Triffst du im Kampf mich an;
Dann ehrt auch fürder dich mein Wort
(Riß Ehrsucht gleich zu weit dich fort)
Als edeln Rittersmann.“

VI.

Der hohe Bruce versetzt: „Und mir
Scheint es ein Fleck der Ritterzier,
Daß Argentine sein blankes Schwert
In des Tyrannen Dienst entehrt;
Doch soll dein Wunsch geschehn.

Dein Ehrenpfand soll jeder Zeit,
Zieh' ich ins Feld zum blut'gen Streit,
Auf meinem Helmschmuck wehn.
Und wenn vielleicht mein hastig Wort
Dich unverdient gekränkt, will dort
Ich dir zu Dienste stehn.
Kein Handschuh je von Damenhand
Galt theurer mir als dieses Pfand,
Das du mir zugestellt.
Nun, edler Feind, auf Wiedersehn!
Bis dahin Glück und Wohlergehn
Und dann — wie's Gott gefällt!"

VII.

So schieden sie —. Wie Wogenschwall
Dumpf rückwärts rollt vom Felsenwall,
Zog sich Lorn's Schaar zurück.
Und jeder Herr mit seinem Troß
Zieht sinnend in sein Hochlandsschloß,
Wie wiederum in nichts zerfloß
Ein Traum von Erdenglück.
Doch in der Burg hat Ronald Acht,
Daß doppelt aufzieht jede Wacht,
Daß Thür und Thor wird festgemacht
Mit Kette, Bolz und Baum.
Dann spricht er: „Zürnt nicht, edle Gäste,
Daß unser Fest nicht schloß aufs Beste;
Bleibt ruhig hier; Artornish's Veste
Beut sichern Schutz und Raum."

Und jeder Herr bei Fackelschein,
Verfügt sich in sein Kämmerlein,
Spricht sein Gebet und Ave fein,
    Und in Vergessenheit
Wiegt bald so tiefer Schlaf sie ein,
Wie ihn ein Tag voll Müh und Pein
    Dem müden Haupt verleiht.

VIII.

Da plötzlich fuhr de Bruce empor
Und rief in Edwards schlummernd Ohr:
    „Wach auf! Wir sind bedroht.
Es knarrt ein Pförtchen, hörst du nicht?
Dort streift die Dielen Kerzenlicht.
    Auf, oder schlaf dich todt!
Gespenstisch schleicht es her. — Doch nein,
'S ist unser edler Wirth: Halt ein!“ —
Und Ronald in der Kerze Schein
Trat vor und mit ihm schritt herein
Torquil —: In Ehrfurcht beugten sie
Dem Lehnsherrn huldigend das Knie,
    Boten ihm Schwert und Hand
Und grüßten ihn als Oberherrn
Von Land und Inseln nah und fern,
    Vom ganzen Schottenland.
Sprach Ronald: „Herr, von Gott erkoren,
Wenn ich vom Pfad der Pflicht verloren
Mich mit den Meutrern einst verschworen,
    Durch Arglist aufgehetzt,
Doch, wie dich auch bekämpft mein Schwert,
Dich stets im Herzen treu verehrt,
    Verzeihst du, Herr, mir jetzt?“

Drauf Bruce: „Ach, Jüngling, man verzeiht
Wohl schlimmre Schuld der Unglückszeit;
Die Pflicht, die ich verletzt,
Ich selbst“ — er schwieg, da Falkirk's Schmach [20]
Ihm lastend auf der Seele lag;
Den Häuptling drückt' er an sein Herz,
Ein Seufzer nur verrieth den Schmerz.

IX.

Bereit, in Waffen und Gefecht
Kühn einzutreten für sein Recht,
Hielten sie, eh' zur offnen That
Ihr Heer sie schaarten, weislich Rath.
Die Ränke Lorn's und Englands Gold
Hielt manchen in des Südens Sold.
Bruce theilt den neuen Kampfgenossen
Frei mit, was er zu thun beschlossen:
„Den ganzen Winter schon verbannt
Sehnt' ich mich nach dem Heimathsstrand
Von Ayr und Carrick; hätt' auch gern
Geschaut, wie Clifford spielt den Herrn,
Der jetzt mein väterliches Schloß
Durchtobt mit seinem plumpen Troß;
Doch erst nach Arran ging die Fahrt,
Wo Lennox Kämpfer für mich schaart.
Doch da zerstreute der Orkan
Die Schiffe und verdarb den Plan.
Vor einem Feindessegel wich
Mein Boot und kam weit ab vom Strich.
Da trieb uns eine weisre Hand
Zum Freundesschloß an diesen Strand.“

X.

„Die Zeit,“ sprach Torquil, „heißt uns eilen,
Wir dürfen zögernd hier nicht weilen,
Sonst fürcht' ich, gnäd'ger Herr, es droht
Sehr bald uns der Belag'rung Noth.
Denn Lorn mit aller seiner Macht
Hält nur zu nah dem Schlosse Wacht,
Und nicht gar fern, im Strom des Clyde
Sind Englands Kreuzer auch bereit;
Die schweifen, wird es ihnen kund,
Um jeden Strand, durch jeden Sund.
Drum, bis der erste Lärm vorbei,
Birgt sicher sich und sorgenfrei
Mein Fürst im fernen Port von Skye.
Torquil wird selbst dein Lootse sein.“
„Nein, braver Herr,“ fiel Ronald ein,
„Ich selbst an meines Lehnsherrn Seite
Waffne das Volk von Sleate zum Streite,
Indeß dein Wort, so oft bewährt,
Im Häuptlingsrath mit Recht geehrt,
Zu weisem Sinne sie bekehrt,
Dein greises Haupt sie Achtung lehrt.“
„Und hört man meine Worte nicht,
Werf' ich das Schwert mit ins Gewicht.“

XI.

„Der Plan,“ sprach Bruce, „gefällt mir gut,
Und Isabel, in sichrer Hut
Wird sie nach Erins Freundesstrand
Mit meinem Schiff zurückgesandt.

Du, Edward, gehst mit in dem Boot,
Gewährst ihr Beistand, wenn es noth
Und sammelst dort ein Aufgebot."
Der Rath, so kam es Manchem vor,
Gefiel nicht ganz Lord Ronald's Ohr,
Doch folgt die That sogleich dem Wort;
Die Barken segeln aus dem Port
    Bewaffnet und bemannt.
Verschiedne Wege ziehn die zwei,
Die eine zum beschwingten Skye,[b]
    Jene nach Erins Strand.

XII.

Mein Lied bei Bruce und Ronald bleibt.
Mit günst'gem Wind ihr Segel treibt,
Bis kaum die Spitzen Mull's noch grau'n
Und Ardnamurchan's Berge blau'n.
Da kommt die Bö mit wildem Flug,
Rasch reffen sie das Segeltuch,
    Zum Ruder greift die Hand;
So kämpfen sie in harter Schlacht
Mit Meer und Stürmen Tag und Nacht;
Erst als das Frühroth ist erwacht,
    Hebt Skye den wilden Strand.
Wo Coolin sich gen Westen neigt,
Sehn sie die zack'ge Spitze leicht
    Vom ersten Licht gemalt;
Doch so mühselig ging es fort,
Daß eh' sie ruhn in Scavigh's Port,
(Denn stiller ist der Himmel dort)
    Die Sonn' im Westen strahlt.

Und Ronald sprach: „Mir ist's, als sei
Dies jene grause Wüstenei
Nordwärts Strathnardill und Dunskye,[21]
Die nie ein Fuß betrat;
Und da die Winde widrig wehn,
Was hindert uns, ans Land zu gehn,
Wenn Euch, mein Fürst, die Jagd nach Rehn
Behagt auf Bergespfad?
Allan, mein Bursch, bleibt nicht zurück,
Er führt den Bogen mit Geschick,
Sein Schaft holt uns ein leckres Stück,
Wenn uns ein Rudel naht."
Zu Pfeil und Bogen griff die Hand,
Das Boot stieß ab, man sprang ans Land.
Die Mannschaft mit dem Schiff
Blieb, wo ein Waldstrom jäh daher
Mit wildem Toben stürzt' ins Meer
Durch Felsgeröll und Riff.

XIII.

Ein Weilchen gehn sie still voran
Wie Jäger nach des Berges Wild,
Bis so zu Ronald Bruce begann:
Bei Unsrer Frau! ein hehres Bild!
Ich sah schon manchen Felsenstrand
Im eignen und in fremdem Land,
Und meist sucht' ich auf meinen Zügen
Mehr Sicherheit als mein Vergnügen.
So irrt' ich oft durch Wüst' und Moor,
Klomm manchen steilen Fels empor,
Doch auf so wildem Pfad

Voll grausiger Erhabenheit
Schritt ich, bei meiner Seligkeit!
Noch nirgends in der Welt, so weit
Mein Fuß ein Land betrat.

XIV.

Und Wahrheit sprach des Fürsten Mund,
Denn selten daß ein Auge schaut
Ein wildres Bild als diesen Sund,
Von öden Klippen hoch umbaut.
Der Erderschüttrung Urgewalt
Riß jenen zack'gen Trümmerspalt
Quer durch des Berges Schooß,
Und jeder nackte Felsenschrund,
Die schwarze Kluft, der düstre Schlund,
Zeugt von dem ersten Stoß.
Der schroffste Fels sonst beut die Spur
Vom sanften Hauche der Natur:
Die Höh'n Benmore's umgrünt noch Moos
Und Haide blüht im Thal Glencroe's,
Cruchan steht laubgeschmückt:
Doch hier ist Schlucht und Gipfel bloß,
Ringsum wohin man blickt.
Kein Baum, kein Strauch, kein Blüthenschaft,
Kein Zeugniß milder Schöpfungskraft
Das müde Aug' erquickt.
Felsblöcke wild zerstreut umher,
Klippen und Riff und dunkles Meer —
Als wäre machtlos hier
Des Frühlings Thau, der Sonne Licht,
Das sonst den rauhsten Fels umflicht
Mit bunter Farben Zier.

XV.

Und wilder, wie sie schreiten vor,
Ragt um den See der Fels empor;
Auf mächt'gen Stufen führt der Pfad
Mühsam zu dem granit'nen Grat.
In einer Schreckensnacht,
Da Wölfe heulten, Hirsche flohn,
War vom bereiften Bergesthron
Gestein herabgekracht;
Manch Stück davon, das schwankend schwebt,
Läßt sich, obgleich kein Heer es hebt,
Leicht drehn von Knabenhand;
So warf die Urkraft es ins Thal,
Jetzt bebt es wie ein Drudenmal
Auf ungewissem Stand.
Des Abendnebels Wechseltanz
Hüllt bald die mächt'gen Gipfel ganz,
Bald blickt ihr Haupt hervor,
Dann rollt er um den Saum der Schlucht,
Schwebt kräuselnd auf der düstern Bucht,
Wirbelt zerstreut in jäher Flucht
Hoch in die Luft empor.
Zu drohnden Massen oft geballt
Entlädt er strömend mit Gewalt
Bergschauer, wild und kurz;
Wenn dann die Sonne wieder lacht,
Schäumt tausendfach in weißer Pracht
Vom Fels der Wasser Sturz.

XVI.

„Und dieser See“ — der König fragt —
„Von wüster Felswand steil umragt,
Wohin nicht Geiß noch Reh sich wagt,
Deß Flut nur dieser Pfad
Schwindelnd umsäumt, wie nennt Ihr ihn?
Und, wo gen Nord die Berge ziehn,
Den grausen Felsengrat,
Deß Haupt im Abendsonnenschein
Zeigt sein verwittertes Gestein
Durchsetzt von Riß und Naht?“
„Coriskin heißt der schwarze Sund,
Coolin der Berg; im Bardenmund
Cuchullin, wie nach ihren Sagen
Ein Häuptling hieß in frühern Tagen.
Doch, lächelt uns hier seltner nur
Und grollt fast immer die Natur,
Schmückt doch der Barden muntrer Witz
Mit lust'gen Namen ihren Sitz.
Für Torquil wär' es eine Lust,
Dürft' er der „Jungfern weiße Brust“
Euch zeigen, Euch zur „Amme“ bringen,
Die Euch das Schlaflied müßte singen.
(Die Jungfern — Klippen an dem Saum
Des Meers umwogt von weißem Schaum;
Die Amm' — ein Gießbach, der mit Macht
Vom hohen Felsen donnernd kracht.)
Wenn Ihr mit ihm die „Hexe“ säht,
Die Corryvrekin's Strudel dreht

Und, setzt sie auf den weißen Hut,
Die Wirbel hetzt zu tollrer Wuth.
So seltsam putzt sein Land voll Graus
Das Inselvolk mit Namen aus."

XVII.

Drauf Bruce: „Es träf' ein ernster Sinn
Hier wohl auf edleren Gewinn.
Die mächt'gen Klippen, deren Firn
Zum Himmel streckt die nackte Stirn,
Ob Schnee stürmt, ob die Sonne glüht,
Wo nichts verwelkt, weil nichts hier blüht,
Sind sie nicht dem Monarchen gleich,
Der aus der niedern Welt Bereich
Durch Krieg und Völkersturm entrückt
Gleichgültig jetzt hinunterblickt
Auf Menschenschmerz und Menschenlust,
Sein Herz von Stein — wüst seine Brust?
Hoch über Hoffnung, Lieb' und Haß
Hebt er sein Haupt — doch, was ist das,
Was unterm Felshang dort sich regt?
— Jäger, die einen Hirsch erlegt.
Wer mag das sein? Du sagtest mir,
Kein Fuß betrete dies Revier."

XVIII.

„So sagt' ich, und gewiß, ich war
Fest überzeugt, ich spräche wahr.
Jetzt seh' ich selbst, es sind fünf Mann;
Sie sehn uns; kommen schon heran.

Sie tragen an der Mütze vorn
Das Zeichen ihres Stammes: Lorn.
Herr, es sind Feinde.“
„Gut, es sei!
's ist nicht so arg: fünf gegen drei.
Der arme Bursch zwar nützt nicht viel;
Drum ordnen so wir unser Spiel:
Macht man den Weg uns hinderlich,
Nimm zwei auf dich: der Rest für mich.“
„Nein, gnäd'ger Herr, das darf nicht sein;
Ich nehm' es selber auf mit drei'n.
Gewandter, stärker zwar seid Ihr,
Doch fall' ich — nun was liegt an mir?
Doch hier ist Alles Kriegerblut:
Allan führt Schwert und Bogen gut;
Wenn Ihr befehlt, soll mit zwei Pfeilen
Er unsre Zahlen gleich vertheilen.“
„Nicht um mein Leben! Nein, es ruht
Genug vorschnell vergoss'nes Blut
Auf meinem Haupt. Erst laßt uns sehn,
Ob Freund', ob Feinde vor uns stehn.“

XIX.

Schon waren ihm die Fremden nah;
Doch nicht erfreuten Auges sah
Der Fürst sie an; unheimlich schienen
Ihr scheuer Blick, die finstern Mienen.
Sie kamen zaudernd, unentschlossen,
Das Antlitz senkend und verdrossen.
Schmuck war der ersten Zwei Gewand,
Kilt, Mütze, Schuhe gut im Stand.

Nach Hochlands Art war ihre Wehr
Messer und Bogen, Schwert und Speer.
Die Drei, die ihnen folgten, schienen
Als Hörige sie zu bedienen.
Wildhaut und Ziegenfell zum Trutz
Des Wetters war ihr ganzer Putz:
Haupt, Arme, Füß' und Schenkel baar;
Zottig und lang ihr Bart und Haar.
Zwei sind mit Keul' und Axt bewehrt;
Der Dritte trägt ein rostig Schwert.

XX.

Bruce ruft, da stumm sie vorwärts gehn:
„Sprecht, wer ihr seid! — sonst bleibt dort stehn.
Man geht in solcher Wüstenei
Sich nicht wie in der Stadt vorbei.“
Sie standen auf den Ruf sofort
Und grüßten auch; doch war ihr Wort
So kurz, die Höflichkeit so kahl:
Sie schien nur Furcht, nicht freie Wahl.
„Wandrer sind wir, uns trieb hieher,
Vielleicht wie euch, Sturmwind und Meer.
Beliebt es euch, bei uns zu weilen,
Woll'n wir dies Damwild mit euch theilen.“
„Kommt ihr von See: wo liegt das Schiff?“
„Zehn Faden tief bei jenem Riff,
Wo es gescheitert. Doch Gefahr
Wie diese kümmert uns kein Haar.
Der Schatten sinkt; der Tag ist aus,
Kommt mit in unser schlechtes Haus.“

„In jener Bai harrt unsre Yacht;
Habt schönen Dank — und gute Nacht.“
„War das die Yacht, die, als der Tag
Sich neigte, dort vor Anker lag?“
„Ja wohl.“
„Dann stellt das Suchen ein,
Umsonst wird eure Mühe sein.
Wir sahn vom Berg sie — als im Flug
St. Georg's rothe Flagg' am Bug
Ein Kreuzer naht' und euer Schiff —
Segel gehißt — die Flucht ergriff.“

XXI.

„Beim heil'gen Kreuz, das klingt nicht gut!“
Sprach Bruce zu Ronald — „jede Gluth
Des Tags erlosch; uns zeigt kein Licht,
Ob wahr sie reden oder nicht.
Gar tölpisch scheint mir dies Gesinde;
Doch weiche Nuß hat harte Rinde.
Laß uns nur mitgehn: Abendbrod,
Obdach und Feuer thut uns noth.
Man nimmt sich vor Verrath in Acht;
Zwei schlafen und der Dritte wacht. —
Dank, Leutchen, wir sind eure Gäste
Und zahlen eure Müh' auf's Beste.
Laßt uns zu eurer Wohnung wandern —
Nein, so nicht! — Einer nach dem Andern!
Zeigt uns den Pfad, den Fels hinan;
Wir folgen euch. Ihr geht voran.“

XXII.

Sie traten in die Hütte ein:
Ein Zelt von Segeln im Gestein:
Da war ihr erster Fund
In diesem wilden Aufenthalt
Ein Knabe, zierlich von Gestalt,
Von grünem Sammet-Kleid umwallt;
So saß er auf dem Grund.
Nach Minstrel-Schnitt sein Röckchen war;
Dunkel sein Antlitz, schwarz sein Haar,
Angst gab der Wangen bleiches Paar,
Trübsinn das Auge kund.
„Woher der Knab'?" — Als Ronald sprach,
Der Ton die Angsterstarrung brach.
Erwacht aus grauser Träumerei
Fuhr er empor mit grellem Schrei
Und starrte um sich rund,
Dann kehrt' er sein Gesicht zur Wand
Und um den Hals flog ros'ger Brand.

XXIII.

„Weß ist der Bursch?" — Ronald erneute
Die Frage. „Kriegsgefangne Beute;
Ihr könnt ihn haben, wenn Ihr wollt
Und Ihr Musik mehr schätzt als Gold.
Der Bursch, wiewohl von klein auf stumm,
Spielt doch nicht schlecht die Laute drum.
Er kann auch Harf' und Leier schlagen
Und kürzt die Zeit Euch mit Behagen,
Wenn Euch solch Spiel gefällt.

Für mich giebt's keinen lust'gern Klang,
Als wenn der Windsbraut schriller Sang
Durch meine Segel gellt.“ —
„Versteht er denn der Worte Klang?“ —
„Die Mutter hat uns so gesagt,
Die bei dem Schiffbruch jüngst ertrank,
Um die der Bursch so albern zagt.
Mehr weiß ich von dem Jungen nicht;
Er kam uns eben zu Gesicht,
Als so die Stürme uns umkrachten,
Daß wir an ihn nur wenig dachten.
Er ist nicht so viel Worte werth.
Setzt Euch zum Mahl; legt ab das Schwert.“
Flink warf der Bursch sein Haupt zurück;
Auf Ronald fiel sein rascher Blick.
Es war ein Blick, scharf, warnend, klar.
Der Häuptling nahm das Zeichen wahr.

XXIV.

„Herr Wirth, es heischet unsre Weise
Getrennte Feuerstatt und Speise.
Denn als Wallfahrer reisen wir,
Mein Freund, ich, und der Page hier.
Wir schworen, nie an fremden Tischen
Durch Trank und Speis' uns zu erfrischen,
Nie abzulegen Plaid und Schwert,
So lang' die heil'ge Reise währt;
Nie auch vereint zu ruhn bei Nacht,
Wenn Einer unter uns nicht wacht.
Drum, guter Freund, gönnt zu dem Zwecke
Uns unser Mahl dort in der Ecke.“

„Ein dumm Gelübde,“ murrt der Alte,
„Nicht mein' ich, daß es Mancher halte.
Wie aber, wenn wir für den Hohn,
Den unsrer Güt' ihr gebt zum Lohn,
Nicht mit euch theilen unser Mahl?“
„Dann sag' ich: dies mein Schwert ist Stahl!
Zum Fasten zwingt uns keine Pflicht,
Wo man mit Gold sich ein Gericht
Oder — mit Eisen kaufen kann.“
Grimm sah der Wirth und scharf ihn an,
Mit Zähneknirschen, Augenrollen,
Und seine dunkeln Züge schwollen.
Doch sank des Buben finstre Wuth
Vor Ronald's Augen voller Glut.
Sein feiges Herz zog sich zurück
Vor des Monarchen stillem Blick.
Gezwungen lacht' er: „Jedermann
Folge der Sitte seines Clan.
Mag Jeder es besonders machen,
Im Essen, Fasten, Schlafen, Wachen.“

XXV.

Ein andres Feuer ward entfacht;
Halb aß man, halb stand man auf Wacht,
Denn in des Alten bösem Blicke
Lag scheuer Grimm und düstre Tücke.
Er mied es stets, gradaus zu sehn
Und ließ das Aug' im Kreise gehn,
Langsam, mit nimmer ruh'nder Glut,
Zugleich voll List und Zweifelmuth,

Indem ein Unheil droh'nder Strahl
Sich durch die busch'gen Brauen stahl.
Der Jüngre schien sein Sohn zu sein;
Auch er sah grimm und finster drein.
Die Sclaven saßen hinter ihnen
Halb nackt, mit thierisch=stumpfen Mienen,
Die grauen Augen starr und glotzend,
Halb furchtsam, halb voll Haß und trotzend,
Bis Jeder, als die Nacht genaht,
Zur Ruh ging, oder doch so that.
Der Knabe, dessen Mund sein Klagen
Kraftlos den Augen übertragen,
Wacht auch nicht mehr mit seinem Kummer
Und streckt die Glieder aus zum Schlummer.

XXVI.

Der König ist auf sichre Wacht,
Da er dem Wirth nicht traut, bedacht:
Erst nimmt Ronald bis Mitternacht,
Darauf der Fürst das Amt in Acht.
Der junge Allan soll sich ruhn,
Um früh den leicht'sten Dienst zu thun.
Womit mag Ronald in der Zeit
Verscheuchen seine Müdigkeit?
Unmöglich wird er all sein Denken
Auf so elende Feinde lenken.
Nein, Isabella ist sein Ziel,
Wie sie dem Feind zu Füßen fiel,
Und dann, wie sie beim Waffenspiel
Zu Woodstock ihm vom Fürstenthron
Hold lächelnd gab den Liebeslohn.

Doch schön in Lust und schön in Pein,
In Todesangst, in Siegesreihn,
Beschäftigt sie ihn nicht allein.
Er denkt an die verlobte Braut,
An Edith — o, und er getraut
Sich nicht der Liebe Streit zu schlichten
Mit den vor Gott beschwornen Pflichten.
Nicht schläfrig ward es ihm zu Muth:
Verliebte schlafen selten gut.
Horch! Mitternacht! Es kreischt die Eule,
Der Fuchs antwortet mit Geheule.
Der Fürst erwacht und bittet nun
Den Freund statt seiner sich zu ruhn.

XXVII.

Nun sagt, durch welches Zaubers Macht
Vertrieb der König sich die Nacht?
Er dacht' als glüh'nder Patriot
An Freiheitskampf und Siegestod,
Burgen erstürmt durch kühne That,
Städte geschirmt durch weisen Rath;
An Englands Rosen wild entblättert,
Ans schott'sche Kreuz, triumph=umwettert,
An Todeskampf und Siegesgruß
Was Helden denken, dachte Bruce.
Solch Sinnen hielt den Schlummer fern
Dem klaren Blick des hohen Herrn.
Und siehe! Coolin's Haupt umflicht
Des grauen Morgens erstes Licht!
Die Otter schlüpft in ihre Kluft,
Der Möwe Schrei gellt durch die Luft.

Der Pag' erwacht — dem König thut
Es noth, daß er auch etwas ruht.

XXVIII.

Für Allan war es größ're Müh'
Einsam zu wachen bis zur Früh'.
Er schürt den Brand und mehrt die Flamme
Mit Splitterholz vom Fichtenstamme;
Worauf er nach den Wirthen späht.
Die lagen still in ihrem Plaid.
Von Furcht weiß nichts sein kecker Muth,
Er stammt aus kriegerischem Blut,
Und reift zur Mannheit er heran,
Wird er der kühnste Rittersmann.
Er denkt an seiner Mutter Dach,
Der kleinen Schwestern Waldgemach,
Wie sie beim Osterspiele springen;
An Pater Joseph's Messesingen —
Bis lang des Feuers Strahlen schießen
Im müden Aug' und fast zerfließen.
Er rafft sich auf, blickt durch die Kluft
Zur See hinaus; der Dämmrung Duft
Zieht bleich schon durch die kalte Luft.
Um Coolin's Haupt schwimmt Nebelrauch,
Die See blitzt kraus im Morgenhauch,
Die Wellen schlagen an das Land
Und küssen plätschernd Klipp' und Sand —
Ein Schlummerton! — Zum Märchenland
Der Kindheit ist sein Geist gewandt;
Des Pilgrims Pfad von Spuk umkreist,
Den luft'gen Elf, den Poltergeist,

Er sieht die Hex' in Todtengrüften,
Die Nix' in Alabasterklüften:
Sie badet in der Zauberzelle
Strathairt's in ewig dunkler Welle.[22]
Dahin entfliegt mit ihm der Traum;
Hoch steigt vor ihm der Wölbung Raum.
Es weicht der Hütte dunkles Rund,
Sein Fuß tritt glatten Marmorgrund,
Zu Häupten sprüht Krystallgeflimmer,
Ein Firmament voll Sternenschimmer.
Horch! Böse muß die Nixe sein;
Ihr Schrei dringt ihm durch Mark und Bein!
— Ach nein! Den Schluß des Traumes schuf
Des Minstrels schriller Warnungsruf —;
Als er entsetzt vom Boden springt,
Ein Schurkendolch sein Herz durchdringt.
Er schwindelt — ruft in letzter Noth
Noch Ronald's Namen — und ist todt!

XXIX.

Auf sprang der König! Seine Hand
Faßt einen knot'gen Feuerbrand
Als nächste Waffe seiner Wuth.
Er kreuzt den Pfad der Mörderbrut
    Und rächet Allan schnell;
Verspritztes Hirn, schäumendes Blut
Zischt in der halb verloschnen Glut —
    Todt liegt der Mordgesell!
Auch Ronald ist im Nu bewehrt,
Ein Schächer fällt von seinem Schwert,

Gepackt von seiner Eisenfaust
Ein zweiter noch zu Boden saust.
Flink war des Grafen Messer blank,
Das schon des Schurken Herzblut trank —
Da — hinter ihm zum feigen Stich
Erhob des Alten Rechte sich.
Wer hilft? Wer hemmt die Hand,
Bis Bruce, der keinen Hieb verfehlt,
Dem ersten Feind, den er entseelt,
Den zweiten nachgesandt?
Die Hülf' ist da! Der Minstrel schwang
Sich auf den Räuber und umschlang
So fest ihm Arm und Fuß,
Daß kaum entrafft — er auf dem Grund
Schon zuckend lag und todeswund,
Und über ihm stand Bruce.

XXX.

„Weil noch ein Fünkchen in dir sprüht,
Entlaste, Schurke, dein Gemüth,
Warum dein Mörderstahl mit Tod
Harmlose Fremde hat bedroht?"
„Nicht Fremde!" murrt der Schächer rauh,
„Ich kenne dich, und sehr genau —
Als den geschwornen Feind — als Dorn
Im Auge meinem Häuptling Lorn."
„Bei deinem Heil bekenne mir
Noch Eins: Wer ist der Knabe hier?
Aus welchem Land, Geschlecht und Blut?
So machst du doch ein Unrecht gut."

„Mein Blut starrt — Laß mich ungeplagt.
So viel ich weiß, hab' ich gesagt.
Er fand sich in dem Schiff, das wir
Erbeuteten — da dacht' ich mir —"
Sein Athem stockt — In Blut und Greul,
Wie er gelebt, starb Cormac Doil.

XXXI.

Noch lehnend auf sein blut'ges Schwert
Hat Bruce zu Ronald sich gekehrt:
„Schämen wir uns — Der Knabe hebt
Den Blick voll Dankbarkeit
Zum Himmel, seine Lippe bebt,
Sein stumm Gebet zu Gott entschwebt,
Deß Wunder ihn befreit.
Vom stummen Mund ist Dank erklungen,
Und wir sind stumm mit freien Zungen!"
Sanft kehrt er sich zum Jüngling dann.
Der blickt das Schwert mit Schaudern an;
Der Fürst wischt ab das blut'ge Mal,
Und in die Scheide sinkt der Stahl.
„Hart ist dein Schicksal, armes Kind,
Das dich so zart und sanft gesinnt
Und ach, so schwach gebaut,
Zuerst an einen Räuber band
Als Sclaven und jetzt dessen Hand
Zum Schutz dich anvertraut,
Den — heimathslos — rings Kampf und Tod
Auf irrem Lebenspfad bedroht.
Doch, kann der Bruce auf Freunde zählen,
Soll dir ein Zufluchtsort nicht fehlen. —

Kommt, edler Lord! Ihr habt dem Todten
Genug des Kummers Zoll geboten.
Das Schicksal Allan's ist gerochen,
Kommt fort! Der Tag ist angebrochen.
Kommt mit zum Schiff — der Räuber Wort
War, denk' ich, Trug; es ist nicht fort.

XXXII.

Doch eh' das Mordhaus Ronald's Fuß
Verläßt, ruft er den Scheidegruß
Noch Allan zu: „Wer soll es wagen
Die Mär' nach Donagaile zu tragen?
Wer der verwaisten Mutter sagen,
Ihr blüh'nder Liebling sei erschlagen?
Schlaf, armer Jüngling; Grabgesang
Besorg' ich, Mess' und Glockenklang —
Wenn um der Mörder bleich Gebein
Hier Wölfe heulen, Raben schrein.
 Doch in den dunklen Wogen bricht
Sich schon der Gipfel rothes Licht,
Es strahlt in Gold und Pupurschmelz
Abgrund und Höhe, Schlucht und Fels —
Wie Erdenmacht, von fern gesehn,
Den Glanz nur zeigt, nicht ihre Wehn."
 Abwärts auf dem granitnen Steg
Rauh und zerrissen ging der Weg.
Ernst im Gespräche ziehn die Herrn;
Der stumme Jüngling folgt von fern.

Vierter Gesang.

I.

Fremdling, wenn sehnend je dein Schritt dich schon
Zu Caledoniens altem Reich getragen,
Wo stolz der Wildniß Königin den Thron
Bei See und Katarakt hat aufgeschlagen,
Dann kennt dein Herz das schaurige Behagen,
Siehst du der Berg' und Schluchten Wüstenei,
Hörst du den Gießbach durch die Klippen jagen,
Sein Echo mischend mit des Adlers Schrei,
Mit Donnergrollen und der Wogen Melodei.

Erhaben ist es; doch die Einsamkeit
Bedrückt dein Herz; dein Aug' erlahmt zuletzt.
Du fühlst von Furcht bei der Erhabenheit,
Von grauser Angst den Athem dir versetzt.
Dann hätte dich des Waldmanns Hütt' ergetzt, —
Etwas, das lebt, wenn auch gemein und klein —
Der Esse krauser Rauch den Blick geletzt,
Das Ohr erfreut der Hähne muntres Schrei'n,
Der Kinder wilder Lärm am grünen Weiden-Rain.

So ist das Bild, deß grause Majestät
Dein Herz erschüttert, dann dich seufzen macht;
Dies Graun ist's, das um Rannochs Seeen weht,
Das in der düstern Schlucht Glencroe's erwacht
Und nordwärts, wo die graue Höhle kracht,
Die wild der Schwall Loch=Eribols erfüllt.
Doch frag den Minstrel, ob die Wüstenpracht
Erhabner sich als an dem Strand enthüllt,
Wo grimm sich Coolin hebt und wo Coriskin brüllt.

II.

Durch solche Wildniß schritt der Held,
Als laut vom Windeshauch geschwellt
Hallo und Hifthorn schmetternd gellt.
Und Bruce rief: „Das ist Edwards Ton!
Er kehrt zurück. Was will er schon?
Sieh, wie ein Hirsch setzt querfeldein
Er hastig über Stock und Stein,
Hals über Kopf in Krieg und Jagd,
Wie Edward Bruce es immer macht.
Er sieht uns — schreit—; eh' er uns nah,
Ist seine Neuigkeit schon da."

III.

Edward ruft laut: „Was treibt ihr hier?
Führt Krieg ihr mit dem Waldgethier,
Da Schottland ruft den Bruce?
Von Lennox traf ich eine Yacht,
Die gleich hieher ich mitgebracht
Mit freud'ger Post zum Gruß.

Stuart steht auf im Cheviot-Thal,
Der Douglas putzt den rost'gen Stahl,
Die Flotte ruht sich von der Flucht
Wenig verletzt in Brodik-Bucht,
Und Lennox, der sie frisch bemannt,
Harrt nur des Winkes deiner Hand,
Dann wirft er sie nach Carricks Strand.
Nicht? Das klingt gut? — Jetzt höre mehr.
Edward, dein Todfeind, der sein Heer
Nach Norden führte, wie du weißt,
Gab an der Grenze auf den Geist."

IV.

Starr stand der Bruce. Nur selten stahl
Um seine Wang' ein Freudenstrahl,
Doch jetzt erglüht sie roth.
Nun, Schottland, siehst in kurzer Zeit,
Will's Gott, die Deinen du befreit
Und deine Dränger todt!
Nicht reißt mich eigner Rache Sinn
Bei Edwards Sarg zum Jubel hin,[23]
Gott weiß, ich rede wahr.
Zum Ritter schlug mich seine Hand,
Von ihm empfing ich Lehn und Land;
Drum sag' ich laut und klar:
Tilgt ihr aus seinem Lebensbuch
Die Wunden, die er Schottland schlug,
So bleibt ein Fürst, der tapfer, klug
Und England theuer war." —
„Wenn Londons Bürger ihn beklagt
Und Croydons Abt sein Amen sagt —
Meintwegen!" — Edward spricht.

„Mein Haß, gleich seinem, schrankenlos,
Folgt ihm bis in der Erde Schooß,
Stirbt mit dem Todten nicht.
So war sein Haß an Solway's Strand,
Als er mit schon gelähmter Hand
Voll Rachsucht wies zum Schottenland
Und schrie in letzter Wuth:
Fluch, Sohn und Erbe, sei dein Theil,
Läßt du ein Schottenhaupt mir heil,
Eh' du vertilgt durch Schwert und Beil
Die ganze Mörderbrut!
So war sein Haß: Nicht hielt er's aus,
Zu ruhn im stillen Todtenhaus;
Auf sein Geheiß zog sein Gebein
Mit seinem Heer in Schottland ein,
Als labte sich sein todter Blick
Noch an des Landes Mißgeschick.
So war sein Haß — tief, dauerhaft;
Der meine — gleich an Art und Kraft."

V.

„Ein Weib, wer sich mit Worten wehrt!
Der Mönch flucht; Männern ziemt das Schwert!
Und, Edward, manche Feinde leben,
Die Stoff zu Haß und Rache geben.
Zur See dann! Sieh wie dort am Strand
Schon unsrer Wimpel flatternd Band
Sich streckt im günst'gen Windeslauf.
An Bord! An Bord! Die Segel auf!
Zuerst nach Arran laßt uns eilen,
Wo die zerstreuten Freunde weilen,

Der treue Lennox, de La Haye
Und Boyd beherzt zu Land und See.
Wie möcht' ich vor den Tapfern stehn
Und hoch mein Banner flattern sehn!
Geht Ronald mit uns? Oder schaart
Er hier ein Heer zu spätrer Fahrt?"
„In Wohl und Weh, nur Bruce zur Seiten,"
Versetzt der Lord, „wird Ronald streiten;
Und da zwei Schiffe uns zur Hand,
So werde meins nach Uist entsandt,
Wenn meinem Lehnsherrn es gefällt,
Damit der Landsturm dort sich stellt,
Und längs den einsamen Gestaden,
Die sich in Minche's Brandung baden,
Die fernen Clans zum Krieg zu laden.
Die nähern nehmen wir im Flug
Gleich selber mit auf unserm Zug.
So werden wir an Arran's Küsten
Gar bald ein brav Geschwader rüsten,
Hat bei des Westmeers Inselleuten
Torquil noch etwas zu bedeuten."

VI.

So schlossen sie den kühnen Rath;
Doch eh das Schiff zog seinen Pfad,
Da scholl der trübe Todtensang
Coriskins dunkle Bucht entlang
Und Coolin warf zurück den Klang.
Langsam vorbei dem schwarzen See —
Dem rechten Platz für solches Weh —

Ward Allan's Leichnam unter Klagen
Des Inselvolks zum Strand getragen.
So oft der Zug hielt, tönte jach
Das Klaggeschrei des Coronach;
Und kam er wiederum in Gang,
Dann scholl der Pfeifen schriller Klang
Im Pibroch klagend nah und fern
Von Donagaile dem jungen Herrn.
Und rund um Coolins dunkeln Wall
Gab Kluft und Klippe Widerhall,
Bis hoch im Nebelduftbehang
Der Klaglaut matt ward und verklang.
Denn nie von Sterblichen ein Ton
Drang zu dem höchsten Felsenthron;
Der hört nur, wie der Sturmwind stöhnt
Und Donnerschlag den Fels durchdröhnt.

VII.

Lustig im Tanze schwingt sich die Yacht,
Springt vor der Brise her;
Der Wind, von Ben=na=Darch erwacht
Treibt munter sie ins Meer!
Mit sausendem Laut, als ob sie lacht,
Strafft Segel sie und Strick;
Die Wogen spaltet sie mit Macht,
Sie machen wirbelnd um sie Jagd,
Als lachten sie zurück.
So munter wiegt im Sturm sich kaum
Die Möve, wenn den Wellensaum
Berührt ihr Flügelrand,

Wie vor dem Wind das Schifflein lief;
Schon taucht' ins Meer sich Coolin tief,
　　Schon Slapin's Höhlenstrand.
Nun sieht man Kriegssignale wehn
Vom Thurm Dunscaith's und Eisord's Seen,
Bald zieht von Cavilgarrigh auch
Wirbelnd ein Kreis von dickem Rauch —
Dies Zeichen ruft zum Kriegespfad
Die tapfern Clans von Sleat und Strath.
　　Kaum sieht man noch den Dampf,
Als jeder nach der Waffe springt,
Den Schild auf seine Schulter schwingt
　　Und glüht nach Streit und Kampf.
Mac-Kinnons Häuptling, kriegserfahren
Soll mustern diese Kriegerschaaren,
Um dann nach Brodick-Bay zu fahren.

VIII.

Nun blitzt, wie Ronald es befahl,
Von Canna's Thurm ein Leuchtsignal,
Der auf die Bucht grau, steil und fest
Hinabschaut wie ein Falkennest.
Klimm nicht den Schwindelpfad hinauf
Zum Thurm, verheert im Zeitenlauf;
Dies Wagniß würde kaum bestehn,
Wer nicht gleich Geißen klimmt und Rehn.
Setz an den Silberstrand dich her,
Horch auf des alten Hirten Mär
　　Aus längst vergangner Zeit;
Er schilt auf seinen knurr'nden Spitz,
Macht seinen bunten Plaid zum Sitz
　　Am Meere dir bereit

Und sagt, wie mit des Eilands Herrn
Einst eine Dame kam von fern
In diese Einsamkeit.
„Voll Argwohn war der Lord und rauh,
Daß er die schöne, sanfte Frau
In dies Verließ gebannt.
Oft, wenn der Mond schlief auf dem Meer,
Saß sie und weint' und seufzte schwer
Hoch auf der Zinnen Rand,
Und 'wandte südwärts ihren Blick
Und dacht an früherer Tage Glück,
Rührte die Laute wohl und sang
Manch wildes Lied von fremdem Klang.
Noch jetzt, wenn still und bleich das Licht
Des Mondes Klipp' und Bay umflicht
Und jeder Wind verstummt,
Stiehlt in des Lauschers Ohr ein Klang,
Ihm wird so wohl und doch so bang,
Da es von jenem Felsenhang
Wie leise Saiten summt.
Es klingt, als ob ein Fräulein klagt,
Ihr Weh in fremder Zunge sagt."
Seltsame Mär! — Doch schon zu lang
Hat sie verzögert meinen Sang.
Wer aber kehrt hier ein
Beim Fels und bei den Trümmern grau
Und möchte der gefangnen Frau
Nicht einen Seufzer weihn?

IX.

Lustig im Tanze durchhüpft die Yacht
    Den breiten Ocean,
Es lenkt zu Ronins Bergesnacht
    Der Steurer ihre Bahn;
Aus Ronins Bergen ziehn herab
    Die Jäger an den Strand,[24]
Sie spannen ihre Bogen ab
    Und lassen Spiel und Tand,
Und tauschen, wie ihr Herr begehrt,
Den Jagdspieß mit dem Kriegerschwert.
Auf Scoreigg dann die Leuchte facht,
Die seine Krieger ruft zur Schlacht;
Ein zahlreich Heer, eh' Mac Leod[25]
Den Strand beschritt mit Rach' und Tod
Und seinen Opfern sich zur Flucht
Umsonst am Meer aufthat die Schlucht;
Der Häuptling, blind vor Wuth, umstaut
Den Paß mit glüh'ndem Haidekraut;
Erstickend wälzt der dicke Rauch
Sich durch der Felsenhöhle Bauch;
Umsonst der Kinder Jammerton,
Der Mütter Schrei, der Krieger Drohn;
Der Rächer schürt die Glut der Flamme,
Bis nicht ein Glied lebt von dem Stamme!
Gebein, rings durch die Kluft zerstreut
Bezeugt die grause That noch heut.

X.

Lustigen Tanzes zieht die Yacht
Bei des Nordwinds munterm Wehn,
Wie die Lerche steigt, wenn der Morgen erwacht,
Wie der Schwan durch die Sommerseen.
Im Osten fliegt schon Mull vorbei
Ulva's Geklüft und Sunart's Bay[a]
Und rings die Inseln mancherlei
Um Staffa's hehres Rund,
Deß Säulen ragten unentdeckt;
Der Cormoran fand nie geschreckt
Hier ruh'gen Brütegrund;
Der Seehund hatte noch sein Haus
Im stillen Dom des Wunderbau's,
Wo die Natur der Tempel Pracht,
Die je von Menschenkunst erdacht,
Beschämend, ihrem Schöpfer droben
Zum Preis ein Münster hat erhoben.
Er ist es, dem die Säulen steigen,
Vor dem sich die Gewölbe neigen,
Zu dessen Preis die Ebb' und Flut
Mit Macht herrauscht, und wenn sie ruht,
Zur Antwort von der Wölbung Dach
Ruft jene Zauberklänge wach,
Die wechselnd in getragnen Tönen
Der Orgel Melodie verhöhnen.
Nicht schaut umsonst das Thor hinaus
Auf Hy's uraltes Gotteshaus.
Natur spricht mit erhabnem Ton:
„Du thatest wohl, o Staubessohn!

Hart prüftest an dem hehren Schreine
Die schwache Kraft du —; hier, sieh meine!“

XI.

Lustig im Tanze ziehet das Boot,
Im Sprung durch die Wogen es setzt,
Wie der Delphin springt, wenn der Hay ihm droht,
Wie der Hirsch von Hunden gehetzt.
Sie ließen Loch-Tua links bei Seit'
Und weckten die Mannen Tiree's zum Streit
Und den Häuptling des sandigen Coll,
Nicht ruhn bei Columba's Strand sie aus,
Ob der Glocken Geläut vom heil'gen Haus
Auch tief und ernst erscholl.
Nicht Zeit für Mett' und Meßgesang!
Und der Ruf zum heil'gen Dienst verklang
Fern in der Wogen Geroll.
Der Herr Lochbuie's, stets kriegbewehrt,
Sah ihr Signal und griff zum Schwert;
Auch Islay's Heer war auf dem Plan,
Vom fels'gen Jura jeder Clan
Gehorcht dem Inselherrn.
Auch Scarba, wo in Schaum gehüllt
Noch Corrivrekan tobt und brüllt
Und Colonsay folgt gern —
Euch singt nicht mehr, der einst euch sang;[26]
Nach kurzem Ruhmeslauf verklang
Sein Ton so voll und rein.
Des reichen Geistes Leuchte schwand,
Die gern des Liedes Strahl versandt:
Am fernen, pestumhauchten Strand
Ruht Leyden's kalt Gebein.

XII.

Und der Wind bläst immer noch frisch daher,
Doch es pflügt das Schiff die See nicht mehr.
Um nicht, wenn sie Cantyre umbiegen,
Den Feinden in den Arm zu fliegen,
    Ziehn sie auf neuem Pfad
Von Westen erst längs Tarbarts Rand,
Dann schleppt die Yacht man über Land,[27]
Bis man bei Kilmaconnels Strand
    Der Ostbay sich genaht.
Gar wunderbar war's anzusehn,
Wie von dem Mast die Wimpel wehn
Und durch die grünen Wipfel gehn,
Als über Land die Barke schwankt
Und Fels und Fliederbusch durchwankt.
Und tiefe Schicksalsschlüsse zieht
Der Seher, der das Wunder sieht.
Die Sagen kündeten zuvor:
Wenn einst auf Kilmaconnels Moor
    Ein Königsschiff erscheint,
Wird Albyn siegen im Gefecht
Und vor dem Silberkreuz als Knecht
    Sich beugen jeder Feind.

XIII.

Wieder ins Meer und aus dem Port!
Mit guter Ahnung furcht den Fjord
    Nach Arran zu die Yacht.

Die Sonne, eh zur Rast sie ging,
Noch um Ben-Ghoil, „den Windberg“, hing;
Ihr Strahl sein grimmes Haupt umfing,
 Daß hold Loch-Ranza lacht.[28]
 Die Insel war das Ziel der Bahn.
Es schien, sie ahnt des Herren Nahn:
So glänzt hier Land und Ocean,
 So schimmert Meer und Flur.
Die stille Tiefe kräuselnd rollt
Demanten zwischen Grün und Gold
 Und Purpur und Azur.
Und Baum und Schloß und Berg und Thal
Glüht in dem ros'gen Abendstrahl;
 Der Strand schien Silber nur.
Der Wind wie Liebesseufzer bebt,
Oft stirbt er hin, oft neu belebt —
 Dann keines Lüftchens Spur!
Wer spricht wohl hier von Krieg und Schlacht
Und stört die stille Zauberpracht
 Der schlummernden Natur?

XIV.

Und ist es Krieg, was Ronald spricht?
Das Roth, das seine Wang' umflicht,
Sein zager Blick, sein scheu Gesicht,
Sein stammelnd Wort besagt das nicht.
Und König Roberts Stirn verräth,
Daß eine Bitt' in Frage steht
 Von seltenem Gewicht.

Doch fliegt um Lipp' und Augen leicht
Ein Lächeln, das von Mitleid zeigt,
Wie es den ernsten Mann beschleicht,
Wenn ein Verliebter spricht.
Ronald führt seine Sache heiß:
„Was meine Braut betrifft, so weiß
Durch das Gerücht mein Lehnsherr schon,
Daß aus Artornish sie entflohn.
Hart ist ihr Loos — und diese Hast
Ich lege sie ihr nicht zur Last;
Ich wünsch' ihr herzlich Glück und Frieden;
Doch unser Brautstand ist geschieden.
Und Lorn nahm öffentlich sein Wort
Zurück vor Dienstmann und vor Lord.
Mein Vater wünschte dieses Band,
Ich ging drauf ein — bot ihr die Hand:
Hohn war's, was ich gewann.
Schlecht wär's um mich als Mann und Held,
Noch schlechter um mein Herz bestellt,
Böt' ich mich, weil es Lorn gefällt,
Auf's neu als Freier an."

XV.

Der Fürst erwiedert: „Junger Mann,
Die Frage geht die Kirche an.
Doch hart ist's, da, wie man erzählt,
Edith mit Clifford sich vermählt,
Bliebe das Band, das sie zerriß,
Für dich ein ew'ges Hinderniß.
Doch meine Schwester — wer kann sagen,
Was Frauen in dem Herzen tragen?

Dem „Herrn vom Felsen“ — denk' ich zwar,
Der im Turnier der Sieger war,
Und ihren Dank entgegennahm,
Ihm, denk' ich — ist ihr Herz nicht gram.
Doch seit durch Nigels Mißgeschick
Zerstört ward unsers Hauses Glück,
Ist ihre Freud' und Hoffnung hin
Und sehr getrübt ihr heitrer Sinn:
Kann sein, daß wenn sie dies vernimmt,“
— Er lächelt — „es sie anders stimmt.
Wir sehn das gleich. Dort liegt inmitten
Des Thals das Kloster St. Brigitten;
Dorthin hat Edward sie gebracht,
Bis günstiger das Glück uns lacht.
Dort bringe dein Gesuch ich ein
Und will kein stummer Anwalt sein.“

XVI.

So sprachen sie mit ernsten Mienen.
Der junge Bursch stand neben ihnen,
Gegen den Mast sein Haupt gelehnt,
Und mancher bittre Seufzer dehnt
Die junge Brust; des Kummers Last,
Wie er sich wehrt, zersprengt sie fast
Wie in die Hand die Stirn' er stemmt —
Die Thränenflut wird nicht gehemmt,
Die durch die Finger lang und schmal
Sich dicht in hellen Tropfen stahl.
Edward schritt auf dem Deck bei Seit';
Er sah zuerst den innern Streit.

Er zieht die Hand ihm mit Gewalt
Vom Auge, das nun überwallt.
Als in der Haft der Knabe rang
(Zwar freundlich war, doch rauh der Zwang),
Wischt' ihm der Krieger vom Gesicht
Die Zähren: „Schäm' dich, weine nicht!
Wär' dir die Sprache nur geschenkt,
Zu sagen mir, wer dich gekränkt,
Wär' er der beste meiner Mannen,
Nicht käm' er ungestraft von dannen.
Sei munter! Bist nicht mehr so klein;
Du könntest schon ein Knappe sein.
Sollst meiner sein! Auf schmuckem Gaul
Trabst du durch Wald und Feld nicht faul;
Hältst meinen Bogen mir beim Jagen,
Sollst Briefe mir zum Liebchen tragen.
Ich weiß, daß nie dein Mund verräth,
Wo meiner Wünsche Tempel steht."

XVII.

Bruce sprach: „Nein, lust'ger Edward, nein!
Das Kind kann nicht dein Knappe sein;
Noch auch dein Schenk, noch Botschaft bringen
Zum lockern Schatz von lockern Dingen.
Du bist zu wild und leichtgesinnt
Zum Schützer für dies Waisenkind.
Du siehst, er will stets einsam sein;
Er schläft allein und ißt allein.
Er wär' als Pag' an seiner Stelle
Bei unsrer Schwester Isabelle;
Da könnt' er in der stillen Zelle

Beim Pater Augustin verweilen
Und seine Andacht mit ihm theilen,
Statt durch waghals'ge Fährlichkeiten
Dich wilden Tollkopf zu begleiten."
„Schön Dank!" rief Edward lustig drein
„Für deine zarten Schmeichelein,
Doch werden wir in Zukunft sehn,
Wer es am besten wird verstehn,
Mit diesem Knaben umzugehn,
Ich oder du. — Doch sieh, der Strand!
Das Boot heraus und frisch ans Land!"

XVIII.

Leicht an das Land der König sprang,
Und dreimal laut sein Hifthorn klang
Mit wechselndem gedehnten Schall.
Ben-Ghoil gab wilden Widerhall.
La Haye, mit Douglas auf der Jagd,
Hatt' einen Hirsch zu Stand gebracht
Und Lennox hetzt die trägen Hunde;
Da scholl das Horn vom Waldesgrunde.
„Der Feind!" schrie Boyd und kam im Lauf
Mit sprüh'ndem Blick den Berg herauf.
„Der Feind ist da, ihr Herren werth!
Fort mit dem Bogen! Greift zum Schwert!"
Lord James sprach: „Nicht so rasch mein Sohn!
Das war nicht Englands Hörnerton.
Der Klang hat uns in mancher Schlacht
Zum Kampf geweckt, zum Sieg entfacht.
Taub wäre Douglas oder todt,
Hört' er nicht mehr des Bruce Gebot. —

Auf, nach Loch-Ranza, allzumal!
Das war des Königs Hornsignal!“ [29]

XIX.

Rasch geht die Zeitung durch das Land,
Rasch ziehn die Krieger an den Strand,
Und rings aus Schlucht und grünem Wald
Der treuen Herzen Jubel schallt.
Sie drängen sich mit nassen Blicken,
Dem theuern Herrn die Hand zu drücken.
Es stellt, den Helm auf greisem Haar,
Manch alter Kriegsheld sich ihm dar,
Deß Stahl noch blut'ge Spuren trägt,
Daß er den Dänen einst erlegt;
Manch Bürschchen, das des Schildes Last
Kaum hebt und kaum das Schwert umfaßt;
Und Männer, die sich manche Narben
In Albyn's Kriegen schon erwarben,
Die Falkirks heiße Schicksalsschlacht,
Teyndrum und Methven mitgemacht.
Der mächt'ge Douglas unter ihnen,
Lennox mit anmuthsvollen Mienen,
Kirkpatrick, Closeburns grimmer Recke,
Lindsay, der schroffe, feurig-kecke,
La Haye, er des Erschlagnen Erbe,
Seton der milde, Boyd der herbe.
Sie drängten sich von nah und fern
Um ihren neu gefundnen Herrn.
Sie weinten laut, sie schrien vor Lust
Und drückten ihn an ihre Brust.

Und Jung und Alt und Herr und Knecht:
Wer nie ein Schwert zog zum Gefecht,
Und wer ergraut in Kampf und Streit,
Sie waren all' an Bruce's Seit'
In Noth und Tod zu stehn bereit.

XX.

O Krieg, mit wilder Lust geschmückt,
Von Freudenblitzen hell durchzückt,
Wie von des Schildes blankem Stahl
Durchs Schlachtfeld schießt manch scharfer Strahl —
Solch freud'ge Blitze wild und jach
Rufst du im Siegesdonner wach!
Kaum schwächer zuckt es durch die Brust
Der Krieger nach der Schlacht Verlust,
Wenn sie der Brüder Namen zählen,
Die nach dem tapfern Kampfe fehlen.
Das Auge blitzt, die Stirne droht,
Sie schwören Rache oder Tod!
Krieger! — Und wo im Weltenrund
Giebt's Krieger wie auf brit'schem Grund?
Wer liebt wie sie der Leier Klang,
Wenn sie ihn weckt mit Schlachtgesang? —
Kennt, Herzen ihr, der Ehre theuer,
Das Mark und Bein durchglüh'nde Feuer,
Davon des Herzens Saiten schwingen
Und Fluten in die Augen dringen?
Wer ist dann, der die Thräne schilt,
Die Bruce's Mannesaug' entquillt,
Da von der Schaar, die ihn zu Scone
Zuerst gegrüßt auf seinem Thron,

Der kleine Rest ihn jetzt umdrängt
Und Knie und Busen ihm umfängt?
Wer schilt ihn? — Nun sein Bruder schalt;
Doch, von des Augenblicks Gewalt
Besiegt, hat er mit Scham entgolten
Die Schwäche, die er selbst gescholten.
Stolz lacht' er auf, wandte sich schnell
Und trocknete der Zähren Quell.[30]

XXI.

Verstummt war vor des Morgens Helle
Das Mette=Glöcklein der Capelle
In St. Brigittens Haus:
Da trat zu Fräulein Isabelle
Rasch eine Nonne in die Zelle
Und rief erschrocken aus:
„Eilt, edles Fräulein, eilt ans Thor,
Ein hoher Fremdling steht davor;
Noch nie ist mir ein Herr erschienen
Von so gar königlichen Mienen.
„„Ich sollt' ihn melden auf der Stelle,““
Sagt' er, „„dem Fräulein Isabelle.““
Die Fürstin, welche knieend lag
Und betete, stand auf und sprach:
„Fordre du selbst von ihm Bericht;
Du weißt, mit Fremden sprech' ich nicht.“
Die Pförtnerin bekreuzte sich:
„Bei St. Brigitten, würde ich
Gleich Priorin — nicht möcht' ich wagen,
Was er gebeut, ihm abzuschlagen.“

„O Thörin, hat die Erdenpracht
Auch über deinen Orden Macht?
Beugst du vor schnöder Eitelkeit
Dich gleich den Kindern dieser Zeit?“

XXII.

„Nein, meine alten Augen sind
Für Flitter und Juwelen blind;
Auch prunkt er nicht in großem Zug;
Sein Pag' ist ihm Geleit genug.
Gestalt und Haltung, Blick und Wort:
Das macht es bei dem fremden Lord!
Sein Bau so männlich, kühn und hehr
Wie eines Schlosses Mauerwehr,
Doch so in richt'ges Maß gelegt,
Daß leicht die Riesenkraft sich regt.
Sein lock'ges Haar zieht kraus und schlank
Sich um die Stirn wie Weingerank,
Kohlschwarz, wo nicht ein leichter Strahl
Von Grau die Jugendfärbung stahl.
Zwar Krieg und Wetter schonten nicht
Das majestätische Gesicht;
Doch in den Augen, welcher Geist!
Zu ihnen wendet' ich mich dreist
In Noth, Gefahr und Kümmerniß;
Hier fänd' ich Trost und Schutz gewiß.
Doch schuldig, bebt' ich vor dem Blick
Mehr als vor'm Todesspruch zurück!“
„Genug!“ rief die Prinzessin hier,
„'s ist Schottlands Hoffnung, Stolz und Zier.

Keiner geringern Stirn erweis't
Die Ehrfurcht jeder schwächre Geist.
Gott, dir zum Werkzeug auserkoren,
Wie lange blieb er uns verloren!
Geh, Mona, mit beschwingtem Fuß
Führ' ihn herein, den König — Bruce."

XXIII.

Wie Freunden, einst getrennt in Pein
Und nun vereint im Hoffnungsschein
Ums Herz es ist, so war's den Zwein.
Doch als gehemmt der Zähren Quelle,
Da sah erst Bruce die niedre Zelle
Und sprach: „Hier wohnst du, Isabelle?
Die nackte Wand, dies Lagerbrett
Dein Staatsgemach und Himmelbett?
Statt Edelsteins und Prachtgewands
Ein härner Gurt und Rosenkranz?
Und statt von munterm Zinkenschalle
Zu Jagd und Schmaus in Park und Halle
Wirst du von düsterm Glockenklang
Gemahnt zu Psalm- und Bußgesang?
O weh dir, daß von dem Geschlecht
Des heil'gen David stammt mein Recht!
Weh dir, daß für dies Recht so schlecht
Dein Bruder einstand im Gefecht!"

XXIV.

„Laß diese eitle Sorg' um mich.
Sei wieder Bruce, ermanne dich.

Mehr rühm' ich mich, daß jeden Schmerz
Mit mir getheilt dein kühnes Herz,
Da du in deines Landes Noth
Zuerst beriefst das Aufgebot,
Als hätte mir das Glück bequem
Aufs Haupt gesetzt ein Diadem.
Sei froh, treibt schwindelnd nicht mein Sinn
Durch des Vergnügens Strudel hin.
Gott sah mein steuerloses Boot
Und zog es selber aus der Noth;
Er prüfte dann mich ernst und schwer,
Stürzte mein Haus, zerschlug dein Heer,
Ließ Nigel sterben — bis ich jetzt
Mein Hoffen nur auf Gott gesetzt;
Und fürder lockt kein Erdenglück
Mein Herz zur sünd'gen Welt zurück!"

XXV.

„Nein, Schwester, eh den Schritt du wagst,
Geziemt's, daß du den Bruder fragst.
Bedenke, hat kein süßrer Traum
Vielleicht noch in dem Kloster Raum?
In Woodstock war ein Rittersmann,
Der unbekannt den Sieg gewann.
Ach! Du wirst roth — dann denk' ich mir,
Er siegte nicht blos im Turnier."
Fürwahr, dem Falkenblick entzog
Das Roth sich nicht, das rasch verflog,
Wie von dem letzten Strahl umsprüht
Ein Wölkchen kaum gesehn verglüht.

Mit stiller Wang' und festem Blick
Gab sie dies ernste Wort zurück:
„Ich weiß, wovon mein Bruder spricht.
So schweigsam ist die Zelle nicht.
Wir hörten wohl, daß Ronald's Ruf
Für dich ein Heer im Westen schuf.
Auch meine Augen sagen mir,
Der Unbekannte vom Turnier
Ist jener Tapfre, hier zu Land
Der Herr der Inseln zubenannt.
Hätt' eingeführt von deiner Hand
Er früher sich an mich gewandt,
(Nur daß ihn ein Gelübde band)
Ich weiß nicht — —; doch sehn wir uns vor,
Dies paßt nicht für des Pagen Ohr."

XXVI.

Der Page stand so weit zurück,
  Als ihm die Zelle Raum gewährt.
Es barst sein Herz, es schwamm sein Blick;
  Er lehnt' auf seines Herren Schwert,
Und hüllte sein Gesicht ins Tuch
Des Fürstenmantels, den er trug.
„Sein Wink," sprach Bruce, „hat jüngst die Hand
Des Mörders von mir abgewandt.
Ich hab' ihn immer im Geleit,
Auch trau' ich seiner Schweigsamkeit.
Ich weiß, er kann nichts wieder sagen,
Er ist von sittsamem Betragen.

Drum dacht' ich, Pater Augustin
Ließ ihn in seine Zelle ziehn
Und du nähmst zur Bedienung ihn.
Sein Weinen achte nicht: das gießt
Oft so, wie wenn der Schnee zerfließt.
Solch gutes, doch unstetes Blut
Nicht rudert's gegen Wind und Flut
Und wer zu Schiff mit Bruce will gehn,
Muß Kampf mit Strom und Sturm verstehn.
Doch Schwesterchen, jetzt muß ich fragen,
Was soll ich zu Lord Ronald sagen?“

XXVII.

„Die Antwort ist für ihn bereit:
Dem Himmel ist mein Herz geweiht.
Mein Lieben glich der Blüth' am Strauch,
Entblättert von des Winters Hauch,
Aus Eitelkeit und Stolz gewoben
Und mit dem Sonnenschein zerstoben.
Und will er weiteren Bericht:
Weis' ihn auf die beschworne Pflicht,
Die Pflicht, bezeugt durch Ring und Eid,
Durch Schwert und Crucifix geweiht.
Sonst, Robert, — selbst hab' ich's gesehn —
Pflegtest du Frauen beizustehn.
Weißt du — du warst einst hart bedrängt,
Von Englands Schaaren eingeengt —
Da, als aus äußerster Gefahr
Flucht deine einz'ge Rettung war,
Hörtest ein armes Weib du schrein
In ihrer Wehen höchster Pein,

Gebotest Halt im Augenblick
Und hieltst dein kleines Heer zurück,
Daß lieber es das Schlimmste litte,
Als untreu echter Rittersitte
Der Wöchnerin gefährdet Leben
Den rohen Feinden Preis zu geben.[31]
Und jetzt sagst deine Hülfe du
Nicht der gekränkten Jungfrau zu,
Und trittst sogar für Ronald ein,
Mich seinem Wankelmuth zu weihn?
Der Himmel sei mein Zeuge: Bliebe
Ein Rest mir von der ird'schen Liebe,
Die meinen Busen einst bewegt,
Eh höhres Hoffen er gehegt,
Nie lieh' ich seinem Wort mein Ohr,
Legt' er zu Füßen nicht zuvor
Mir Ring und Brautvertrag — ja beides
Und förmlichen Erlaß des Eides
Von ihr, der seines Meineids Dorn
Das Herz zerreißt, dem Fräulein Lorn."

XXVIII.

Sprach's — als der Pag' im Herzensdrang
Auffuhr und ihren Hals umschlang.
Doch senkt' er, rasch-gesammelt, wieder
Das Haupt und ließ aufs Knie sich nieder.
Dann küßt' er Isabel die Hand
Zweimal, erhob sich und verschwand.
Die Fürstin, frei von seiner Haft
Zürnt auf des Knaben Leidenschaft.
  Doch Bruce, voll Sanftmuth, spricht:

„Schilt nicht; das Wort ist bei ihm That;
Er hörte meinen Plan und Rath
Und barg den Jubel nicht.
Doch nun bedenk dich noch einmal.
Hart ist der Klosterzelle Wahl.
Ich übe keine Tyrannei,
Ich lasse Herz und Hand dir frei,
Auch will ich nicht, daß Ronald's Zorn
Um dich verfolge Fräulein Lorn.
Doch hast du erst gar kurze Zeit
Dein Herz gewöhnt an Einsamkeit.
Noch jüngst hat dir kein Lied behagt,
Das nicht vom Leid der Liebe klagt.
Jetzt, da dein Wunsch in deiner Hand,
Ist er dem Kloster zugewandt.
Möcht' unser Edward so dich sehn!
Wie würd' er sich in Spott ergehn
Mit mancher Neckerei Erguß
Auf Weiber-Willen und Entschluß."

XXIX.

„Gern glaub' ich, bester Bruder mein,
So würde Edward's Rede sein.
Sanftherzig, hart in Worten bloß;
Furcht-, sorgen- und gedankenlos
Hemmt nie er seiner Launen Fluß.
Doch du bist aus ganz anderm Guß.
Drum gieb du Ronald den Bericht:
Legt er zu meinen Füßen nicht
Den Ring, das Zeichen seiner Pflicht,

Frei überreicht aus Edith's Händen,
So muß hier jede Werbung enden.
Doch sag' ich nicht, daß, wenn zur Zeit
Von dem Gelübd' er sich befreit,
Ich darum meine Wahl entschieden
Und schon entsagt dem heil'gen Frieden.
Leb wohl, mein Bruder, bleib nicht lang,
Zu andrer Pflicht ruft mich der Klang."

XXX.

„Der Welt verloren!" mit dem Wort
Ging Robert von der Fürstin fort.
„Verloren durch ein herbes Loos,
Welch ein Juwel in Grabesschooß!
Der zarten Liebe Keim erstickt,
Durch grimmen Schicksalsfrost geknickt!
Doch fort mit Liebes-Lust und Leid!
Mein Thun ist ernsterm Ziel geweiht!
Hier ist für uns nicht länger Raum,
Die Insel giebt uns Nahrung kaum.
Und dort Turnberry überm Meer —
Mein Schloß einst — blickt verlockend her.
Möchte nicht Cuthbert, der Caplan,
Vom Vater her mir zugethan
Am Ufer ein Signal entzünden,
Den günst'gen Zeitpunkt uns zu künden?
Ja, ja, ein Freund soll heimlich gehn
Und sagen, daß wir uns verstehn;
Den Mann muß Edward ausersehn.
Und ist das Schloß in unsrer Hand,
Dann wird sofort nach Carricks Strand
Die Inselflotte nachgesandt.

O, theures Schottland, werd' ich je
Im Schlachtfeld rächen all dein Weh?
Frei im Gebirg, frei in den Aun
Dein Volk mit Siegerblicken schaun?
Den sel'gen Anblick zu erleben
Nach schwerem Kampf, ist all mein Streben!"
Dann nahm bergab er seinen Weg,
Oft ruhend auf dem steilen Steg,
Bis wo sein kühnes Heer im Plan
Sein ländlich Lager aufgethan.

Fünfter Gesang.

I.

Des Morgens Licht strömt um Loch=Ranza's Schlucht,
Der Rauch der Hütten kräuselnd aufwärts weht
Vom stillen Weiler, der durch Inlandbucht
Und Bergjoch von der Welt geschieden steht.
Des Fischers Segel wird vom Wind gebläht,
Der Geißhirt trieb Ben=Ghoil hinauf vom Thal,
Die Hausfrau vor der Thür die Spindel dreht
Und sucht bei ihrem Werk den Sonnenstrahl;
Denn, wo der Mensch erwacht, wacht er zu Müh und Qual.

Zu andern Pflichten lud im Klosterhaus
Der Schall der moosbewachsnen Glocke ein;
Der Mette Sang, der Messe Dienst war aus
Und jede Nonne sucht ihr Kämmerlein,
Sich pflichtgemäß dem Rosenkranz zu weihn.
Auch Isabel kniet einsam beim Gebet;
Durch's enge Fenster streift der Sonnenschein.
Den schnee'gen Hals das schwarze Haar umweht,
Wie sie, das sanfte Haupt geneigt, in Andacht fleht.

II.

Auf blickt sie nach erfüllter Pflicht;
Da strahlt am Estrich hell ein Licht;
Ein goldner Ring, demantverziert,
Mit Seid' an ein Papier geschnürt,
Worauf die kurze Inschrift stand:
„Für Fräulein Isabella's Hand.“
Und drinnen: „Dieses ist der Ring,
Mit dem ich seinen Eid empfing!
Hiermit geb' ich zurück das Pfand.
Gern lass' ich ihr auch seine Hand,
Der längst sein Herz zu Diensten stand.
Doch du, verschont vom Schicksalszorn
Verschließe nicht des Mitleids Born
Ihr, die einst Edith hieß von Lorn.“
Ein Blitz des frohen Schrecks entfuhr
Des Fräuleins dunkeln Augen nur,
Doch er verglühte rasch in Scham,
Die gleich als seine Sühne kam.
„Gedanke, der mein Haus entehrt,
Selbstisch, gemein, verachtungswerth:
Zu jubeln, wenn mein eignes Glück
Sich gründet auf ihr Mißgeschick!
Du Pfand voll Trug und Eitelkeit,
Du mahnst an den gebrochnen Eid,
An eines Manns Undankbarkeit
Und an die arg betrogne Maid.
Du sollst mit deines Schimmers Tücken
Nicht noch ein andres Herz berücken.
Hier ruhe, schnöder Flittertand,
Wo Pracht der Welt und Weltverstand

Gemein erscheint und ohne Sinn!"
So legt ans Kreuz den Ring sie hin.

III.

Dann dachte sie: „Wie kam das Pfand,
Da Edith fern, von ihrer Hand
Hieher durch Schloß und Eisenband?
Doch da das Fenster offen stand,
Schaut sie hinaus; leicht hat im Gras
Ein Fuß gestreift des Morgens Naß,
Und an der Strebe rückt
Aufwärts im Schnitzwerk Schritt um Schritt,
Bis wo im Fenstersims der Tritt
Das grüne Moos gedrückt.
In den zerzausten Epheublättern
Hielt sicher Jemand sich beim Klettern.
Doch wo der Bote, dessen Pfad
Die Spur verräth der kecken That?
„Mir ahnt Seltsames. — Mona, sprich,
— Ich weiß, nicht leicht täuscht Mona sich —
Hast du von Fremden nicht vernommen,
Die hin zum Kloster heut gekommen?"
„Nein, Fräulein — wirklich, keine Spur.
Früh Morgens kam der Page nur;
Ich wies ihn zur Capell' hinein,
Wo sie beim Hochamt grade sei'n;
Doch wie ein Pfeil schoß er zurück;
Mich dünkt — mit Thränen in dem Blick."

IV.

Und wie ein Sonnenstrahl kam schnell
Die Wahrheit über Isabel.
„'s ist Edith selbst! — Der stumme Schmerz,
Blick und Gestalt verräth ihr Herz.“ —
„Mach, Mona, dich in raschem Lauf
Zur Bai, zu meinem Bruder auf.
Beschwör' ihn, daß er ohne Weile
Hieher mit seinem Pagen eile.“
„Wie? Weißt du nicht? Sein Aufgebot
Verließ die Bai beim Morgenroth.
Vom Thurm aus hab' ich sie betrachtet,
Wie sie im Wald erst übernachtet
Und früh, als sie das Hornsignal
Des Herrn rief, durch Gebüsch und Thal
Herwimmelten mit Speer und Spießen
Und sich nicht Zeit zum Ave ließen.
Wie Wild vom Lager aufgerüttelt
Den Thau sich aus den Haaren schüttelt
Und sein Geweih wirft stolz und hoch,
So sie.“
„Doch, Mütterchen, wo zog
Mein Bruder hin mit seinen Schaaren?“
„Nach Brodick-Bai, wie ich erfahren,
Quer durch das ganze Inselland.
Dort liegt manch Schiff am Ufersand.
Auf Nachricht, die ihm jüngst gesandt,
Setzt über er nach Carricks Strand.“
Und Isabel ward bleich und roth:
„Ha, dann thut höchste Eile noth.
Ruf rasch den Pater Augustin.“
Die Nonne ging; der Mönch erschien.

V.

„O, Vater, durch Gebirg und Schlucht
Eilt gradeswegs nach Brodick=Bucht
Und bringt dem Bruce die Nachricht gleich,
So wahr er hoff' aufs Himmelreich,
Soll, eh' er geht, er mit mir sprechen;
Doch, kann den Zug nichts unterbrechen,
Mög' er mit Euch, auf mein Verwenden
Hieher den stummen Knaben senden.
Dies sei der Schwester heißes Flehn;
Die Gründe würd' er später sehn. —
Fort, guter Vater, und bedenkt,
Daß an dem Wort ein Leben hängt."
Den Stab ergriff der gute Mann,
That Schaube sich und Sohlen an
Und wie ein Pilgrim wandert' er
Durch Moos und Moorgrund altersschwer.

VI.

Des Alters Fuß ist matt und träg
Und mühsam war des Pilgers Weg.
Doch für so wichtigen Bericht
Fand sich ein beßrer Bote nicht.
Er zog durch Birkenbüsche fort,
Verkrüppelt, klein, dünn und verdorrt,
Wo mancher wilde Wasserfall
Vom Fels sich stürzt mit lautem Schall,
Deß dunkle Flut in Schaum zerspritzt
Und in der Sommersonne blitzt.

Der Kiebitz, furchtlos hier und dreist
Des Wandrers greises Haupt umkreist.
Dort heischt ein Spalt, der gähnend klafft,
Vom Aug' und Schritt Bedacht und Kraft.[32]
Er kreuzt sich beim Druidenstein,
Als hört' er noch die Opfer schrein;
Und wo von Blöcken aufgeschichtet
Ein Hühnendenkmal ist errichtet,
Spricht sacht er ein Gebet für ihn,
Der starb, eh' Schilo's Sonne schien,
Mißt bei Macfarlane's Kreuzesmal
Am Schatten seiner Stunden Zahl
Und löscht den Durst am Bach im Thal.
So wandernd bis der Tag sich neigt,
Hat er den Hügel nun erreicht,
Wo über grünen Waldesrücken
Des alten Brodick Thürme blicken.
Hastings besaß zuvor den Ort,
Doch Douglas' Schwert trieb jüngst ihn fort.[33]
Die Sonne sinkt; eh sie von hinnen,
Küßt sie zum Abschied noch die Zinnen.

VII.

Der Tag erlischt; doch mancherlei
Bewegung herrscht in Brodick=Bay.
Am Strande drängt sich Bruce's Heer,
Zieht Boot und Barken in das Meer,
Hißt Segel auf, bringt Ruder her.
Oft sehn sie hin, wo glimmernd fern
Ein Licht schien, wie ein früher Stern

Im Himmelsblau, nur daß zu klar,
Zu scharf es und zu flackernd war.
Bleich zeigt das Licht im Süden sich,
Als mählich erst der Tag entwich;
Doch als um Carricks Strand,
Den schwach umsäumt' ein mattes Blau,
Sich dichter zog des Abends Grau,
Flammt' es in hellerm Brand.
Und wie der Mönch den Strand betritt,
Da hemmt ein Anblick seinen Schritt,
Den nie geahnt sein Geist.
Hier wappnet sich zum Kampf ein Heer
Und schraubt und hämmert an der Wehr,
Hier blitzt die Axt, hier blinkt der Speer,
Der Stahlhelm flammt und gleißt.
Und Reden, nie gehört zuvor,[34]
Vernimmt entsetzt sein frommes Ohr,
Da hastig jetzt an Bord
Die Führer gleich dem Wogenschwall
Hindrängen und der Brandung Hall
Sich mischt mit ihrer Stimmen Schall
Und manchem trotz'gen Wort.

VIII.

Durch diesen Lärm ging längs dem Strand
Der Mönch, bis er den Fürsten fand,
Bei einem Boot, das, eh' die Flut
Es flott macht, fest im Sande ruht.
Er zählt der kleinsten Welle Schwanken,
Die höher anspült an die Planken;

Späht nach der Leuchte dann und wann
Und schnürt den Panzer fester an
Und macht das Schwert am Gürtel frei.
Edward und Lennox stehn dabei.
Douglas und Ronald müssen eilen,
An Bord die Krieger zu vertheilen.
Der Mönch tritt ehrfurchtsvoll heran.
„Und kommst du," hub der König an,
„Die Fahrt zu segnen, von so fern?"
„Mein gnäd'ger Herr, von Herzen gern;
Doch bring' ich Andres noch als dies" —
Und sprach, was Isabel ihn hieß.
„Nun bei St. Giles, das macht mir Sorgen,"
Rief Bruce, „ich sandt' erst heute Morgen
Den Burschen hin zu der Abtei,
Wo er gut aufgehoben sei."
„Die Pförtnerin sah ihn auch dort;
Doch war alsbald er wieder fort."

IX.

„Ich selbst," rief Edward, „gab dem Knaben
Ein Amt, entsprechend seinen Gaben.
Ich sann im Geiste lang und tief,
Wer wohl am besten deinen Brief
An Cuthbert drüben zu besorgen
Im Stande sei. Da führt' am Morgen
Zum Kirchlein schlendernd mich mein Schritt.
Ich nahm noch eine Messe mit.
Da sitzt auf einem Grab gekauert
Der Bursch und weint, daß es mich dauert,
Daß man so jung ihn hier vermauert.

Bei meinem Vorschlag strahlt das Glück
Ihm aus dem überraschten Blick.
Er springt ins Boot, und fliegt geschwind
Von Strand zu Strand mit günst'gem Wind.
Und sieh, er that, wie ich befahl.
Es sagt sein schimmerndes Signal,
Clifford mit seinem rohen Troß
Wahrt lässig unsers Vaters Schloß."

X.

„Hartherz'ger, wild von Sinn und That,"
Sprach Bruce, „wie kannst du auf dem Pfad,
Wo ihm Gefahr dräut aller Enden,
Ein stummes Waisenkind verwenden?
Er kann nicht fliehn, im Kampf nicht stehn,
Ja nicht einmal um Gnade flehn.
Säß' ich auf meiner Ahnherrn Throne,
Edward, ich gäbe meine Krone,
Eh' ich ein Kind so schwach und zart
Aussetzte solcher wilden Fahrt."
„Mein Bruder und mein Fürst," versetzt
Halb unterwürfig, halb verletzt
Edward — „den Tadel ahnt' ich nicht.
Denn besser war ein fremd Gesicht
Zum Botendienst in Cuthberts Zelle
Als deine Knappen an der Stelle.
Ihn kennt man nicht; sein Sinn ist scharf,
Sein Mangel just was er bedarf.
Niemand erräth, was er dort will.
Fragt man ihn aus, so schweigt er still,
Und, denk' ich, jenes Lichtes Gluth
Macht schlimmern Fehl als meinen gut."

Drauf Robert: „Vorschnell war dein Thun,
Doch ist's gethan. — Zu Schiffe nun!
Und du, mach Isabel bekannt,
Wie dieser Unfall sich gewandt;
Und hätten wir da drüben Glück,
Schickt' ich den Pagen gleich zurück.
Grüß unser frommes Schwesterlein
Und schließ in dein Gebet uns ein."

XI.

Der Mönch sprach: „Weil in meinem Leben
Ich Kelch und Kreuz noch kann erheben,
Und mir die Sprache nicht gebricht,
Vergißt mein Herz den Bruce auch nicht."
Und flüsternd neigt sich Ronalds Mund
Zu ihm: „Gieb ihr die Bitte kund:
Steh' ich zum König im Gefecht
Für Schottlands und der Freiheit Recht,
Soll sie die Gunst mir nicht versagen,
Ein Zeichen ihrer Huld zu tragen.
Wo es an meinem Helm erscheint,
Erschrecke selbst der kühnste Feind.
Der Bursch jedoch (denn Bruce's Zeit
Ist jetzt viel ernstrer Pflicht geweiht)
Er sei in Ronalds Schutz gestellt —
Mein Schild sein Schirm, mein Plaid sein Zelt."
Er schwieg, denn manche rüst'ge Hand
Schob längst die Boote von dem Strand.
Es waren dreißig, jedes zählte
Sechs Krieger, aber auserwählte.
Das Würfelspiel um Reich und Tod
Entschied dies kleine Aufgebot.

XII.

Und schaukelnd schwebt nun jede Yacht
Bemannt und fertig durch die Nacht.
Das Ruder peitscht den Ocean,
Der Funken sprüht um ihre Bahn.
Und schwächer flog und schwächer immer
Zum Inselstrand der Waffen Schimmer.
Vermischt bald mit dem Wogenschwall
Erstarb der Stimmen dumpfer Schall.
„Gott segn' euch!“ rief der Mönch vom Strand,
Wie jedes Boot im Dunkel schwand.
„Wo Recht und Freiheit zuckt das Schwert,
Da hältst du, Gott, die Kämpfer werth.
Laß doppelt scharf die Streiche wettern,
Des stolzen Feind's Panier zerschmettern,
Zeig es den Völkern insgemein:
Den Sieg giebt Gott — und Gott allein!“
Und oftmals auf des Berges Wegen
Wandt' er sich, zu erneu'n den Segen,
Bis vor der dunkeln Küste Rand
Der Flotte letzte Spur verschwand.
Dann zog nach Brodick's Thurm er sacht,
Obdach zu suchen für die Nacht.

XIII.

Die Nacht verhüllt die Zauberstätte,
Wo Cumray's grüne Inselkette
Die schöne Bucht des Clyde umzieht.
Das waldbedeckte Bute entflieht
Dem Blick; es theilt mit frischem Muth
Der Ruderer die stille Flut;

Der Ritter macht vom Speer sich frei
Und steht voll Haß dem Rudrer bei.
Der Mondessichel fahler Schein
Streift matt der Segel weißes Lein;
Doch richtet sicher jedes Steuer
Sich nach der Leuchte rothem Feuer
Und oft, wie es der Fürst befahl,
Damit den Strand sie auf einmal
Erreichten, scholl von Bord zu Bord
Ein lauter Ruf, ein Loosungswort,
Bald scharf die Segel aufzubrassen,
Bald schlaff die Taue nachzulassen.
Südwestlich ging der Flotte Zug,
Der sie an Carricks Küste trug,
Und wie der Strand stets näher rückte,
Stets höher auch das Feuer zückte.
Das Licht, erst flimmernd wie ein Stern,
Flammt wild empor jetzt hoch und fern.
Am Himmel düsterrothe Gluth:
Im Meere düsterroth die Flut.
Roth das Geklipp am Ufersaum,
Die Inseln roth im blut'gen Schaum.
Geblendet stürzt der Vögel Heer
Mit wildem Schrei vom Fels ins Meer.
Ins Dickicht ist der Hirsch entflohn,
Der Birkhahn kräht, als tagt' es schon.
Wie wenn ein hohes Schloß in Brand,
So strahlt die Lohe übers Land.
„Nun, werther Herr und Bruder mein,
Mein Kobold, dünkt mich, macht es fein?"
„Nur vorwärts!" sprach der König still,
„Wir werden sehn, sei's was es will.

Doch das ist klar, daß Mönch und Kind
An diesem Feuer schuldlos sind."

XIV.

Die Flotte nahte sich dem Land,
Doch Edwards Boot stieß auf den Sand.
Rasch sprang er bis zur Brust ins Meer,
So war am Strand der erste Er,
Obschon der Schiffer rüst'ge Hand
Wetteifernd strebte nach dem Land:
Als jenes Wunderlicht von fern
So ruhig wie der Angelstern —
Elias' Feuerthrone gleich
Jetzt hinfuhr durch der Lüfte Reich.
Den ganzen Himmel Glanz umwob,
Als sich das Meteor erhob,
Und Helm und Schwert und Streitaxt schimmert,
Und, von dem düstern Roth umflimmert,
Sehn schreckenbleich im grellen Licht
Die Krieger sich ins Angesicht.
Hoch in der Luft das Licht verschwand,
Und Finsterniß sank auf den Strand.
Lord Ronald betet himmelwärts
Und Douglas kreuzt sein kühnes Herz.
„Hilf uns, St. James!" ruft Lennox aus,
Doch Edward macht sich wenig draus:
„Kirkpatrick, ob wohl Comyn's Geist
Ergrimmt in jener Flamme kreist?
Und machte wohl dein kecker Muth
Zum zweitenmal die Rechnung gut?"

„St!“ sagte Bruce, „in kurzer Frist
Wird es sich zeigen, was es ist,
Ob Gaukelspiel, ob Feindes List.
Der Mond scheint. Laßt die Heergesellen
Am Strand in Reih' und Glied sich stellen.“

XV.

Nur schwach ersetzt des Mondes Strahl
Das zauberhafte Feuermal.
Sein frostig bleicher Schimmer ruht
Auf nassem Sand und stiller Flut.
Bruce ließ jetzt unter dem Gestein
Die Schaaren sich in Ordnung reihn,
Und Schild und Speer, gedrängt und dicht,
Schien blau und klar im kühlen Licht.
Da sah man von des Felsens Seiten
Zum Strand den stummen Pagen gleiten.
Er kniet' im Sand vor Robert tief
Und gab dem König einen Brief.
„Halloh!“ rief Bruce, „rasch Fackeln her!
Hier kommt von Cuthbert neue Mähr!“
Doch ach, die Zeitung war nicht gut.
Clifford war stark und auf der Hut;
Sein Schloß, erst heute neu bemannt
Mit Bergvolk, das ihm Lorn gesandt.
Zu lang in Sclavenketten schon
War Treu' und Muth dem Reich entflohn,
Und düster senkt auf Carricks Lande
Verzweiflungsschlaf die Eisenbande.
Cuthbert sah auch die helle Flamme,
Doch wußt' er nicht, woher sie stamme.

Da ihm gefährdet schien das Heer,
Schickt' er den stummen Boten her,
Der Bruce, wenn in des Feindes Garne
Er ginge, vor der Küste warne.

XVI.

Die Führer drängten um ihn her,
Als Bruce laut las die böse Mähr.
„Was rathet ihr? Soll'n wir im Wald
Uns legen in den Hinterhalt
Und warten, ob zu gutem Ende
Das Schicksal unsern Anschlag wende?
Oder zu Schiffe gehn von dannen
Und uns auf's neue selbst verbannen?“
Edward rief wild: „Wir gehn nicht fort.
In Carrick's Land bleibt Carrick's Lord!
Nicht sei im Lied von uns gesagt,
Daß uns ein Irrwisch fortgejagt.“
Der Douglas rief: „Sollt's euch gelingen
Das Schloß durch Waffen zu bezwingen,
Dann schließt sich jeder Biedermann
Auf's neu der guten Sache an.“
Und Ronald: „Wie würd' ich mich schämen,
Wenn Torquil und die Seinen kämen,
Und sähn uns Prahler nun mit Hohn
Ohn' einen Hieb zu thun entflohn.
Ich will nicht glauben, daß dies Land,
Durch Kriegsruhm weit und breit bekannt,
Das Bruce und Wallace hat erzeugt,
Noch lang sich dem Tyrannen beugt.“

„Versuchen wir's — wir stehn dem Strauß!"
Rief Boyd, La Haye und Lennox aus.
So schwuren laut die Führer alle.
Und Bruce sprach: „Da in meiner Halle
Das Südvolk Hof zu halten wagt,
Sei ihm der Zahltag angesagt.
Ich selbst, als grober Wirth, verspreche
Dem Clifford eine tücht'ge Zeche.
Zu gutem Obdach führ' ich euch
Durch Kluft inzwischen und Gesträuch."

XVII.

Ihr fragt: „Was war das Wunderlicht,
Deß Zauber täuschte ihr Gesicht?"
Das weiß man nicht; doch sagen Greise,[35]
Es ging nicht zu in rechter Weise.
Es weckte keines Menschen Hand
Die breite Glut an Carrick's Strand.
Denn in derselben Nacht noch immer,
Da Bruce kam, glänzt derselbe Schimmer.
Gebirg und Moor umstrahlt die Gluth,
Malt roth den Strand, blitzt in der Flut.
Doch, war das Licht von Gott gesandt,
Um Bruce zu helfen an das Land —
War es entflammt dem Höllenschlot,
Zu locken ihn in Noth und Tod —
War's eines Meteores Pracht,
Das oft in stiller Mitternacht
Auf spätem Pfad den Wandrer schreckt —:
Das hat kein Mensch bis jetzt entdeckt.

XVIII.

Nun ging's hinauf den Felsensteg
Und Ronald ließ den ganzen Weg,
Treu seinem Wort, es zu beschützen,
Das Kind auf seinen Arm sich stützen.
„Nun, Närrchen, Amadine, sei froh,
Was klopft dein thöricht Herzchen so?“
— Dies war der Name, den dem Knaben
(Findling zu Deutsch) die Räuber gaben —
„Ruhst du dich nicht auf meinem Arm?
Hält dich mein falt'ger Plaid nicht warm?
Dreifache Stierhaut macht für dich
Den Schild so sicher wie für mich.
Ist nicht von Stahl Clan=Colla's Schwert?
Wie kannst du zittern, so bewehrt?
Bringe dein pochend Herz zur Ruh,
In Ronalds Hut gehst sicher du.“
Oft trifft ein Schuß in's Blau' ein Ziel,
Auf das der Schütze nie verfiel.
Oft hat ein Wort — sorglos gesprochen —
Ein Herz gelabt — ein Herz gebrochen.
So schmiegt der Pag' an Ronald jetzt
Sich, halb besänftigt, halb verletzt.
Es zuckt ein wilder Freudenkrampf
Durch jener Stunde bittern Kampf,
Da er erklomm den Felsenhang
Und Liebe, Furcht und Qual bezwang.

XIX.

Erstiegen ist die Klippenwand,
Der schroffen Küste Eisenband,
Und von des Schlosses fernem Wall
Ertönt des Wärterrufes Schall:
Er schwingt sich über Land und Flut
Und zeigt, der Feind ist auf der Hut.
Und durch des Schlosses Wildgehäg,
Den weiten Park, führt sie der Weg.
Such nicht den Ort! Er ist entstellt
Durch Axt und Pflug — ein bäurisch Feld.
Dann kommt des Angers sammtnes Grün,
Dazwischen bunte Wiesen blühn,
Die tief sich in verschlungnen Gängen
Durch braune Waldesschatten drängen.
Hoch wuchert Farn hier im Gehäu
Dem muntern Reh zur Lagerstreu,
Da dort wie grüne Meereswellen
Manch dichtbebuschte Bühel schwellen.
Und rund herum ein Rosenkranz,
Recht wie gemacht zum Elfentanz.
Der Hülsbusch wuchert in dem Park,
Schwarz ragt der Eibisch schlank und stark.
Manch alter Eichbaum nackt und graus
Streckt die zerspellten Aeste aus
Und lieblich webt des Mondes Strahl
Um Schlucht und Lichtung, Höh' und Thal.
Tief seufzt der edle Fürst und sinnt;
Die Flur, wo er gespielt als Kind,
Durchstreift er jetzt in Bann und Acht
Nach Obdach in der Waldesnacht.

XX.

Den mondenhellten Park durchschritt
Die Schaar in rasch gemeßnem Tritt,
Im Takt, geschlossen und vereint,
So wie ein Heer zieht vor den Feind.
Schlimm wär's, wenn noch des Morgens Grau'n
Sie fände auf den offnen Au'n.
Quer durch Gebüsch und Moor entlang
Geht's über Bach und Uferbank.
Die Stirn des müden Pagen tropft
Vom kalten Schweiß, sein Busen klopft.
Oft rastend in stets matterm Schritt
Schleppt kaum der Knabe sich noch mit.
„Nicht niedersinken!“ sprach der Lord.
„Komm her, ich helfe gern dir fort.
Mein Arm ist stark; solch leicht Gewicht
Wie deins zu tragen müht mich nicht.
Was? Willst du nicht? Hast Launen schon?
Dann strenge dich auch an, mein Sohn.
Nur diese Nacht noch, kleiner Mann;
Zum schönen Fräulein kommst du dann.
Der künde deine Zither hell,
Wie Ronald liebt schön Isabel.“
Erschöpft, verzagt und haltungslos
Ließ Amadine den Mantel los.
Es bebten schlotternd ihm die Glieder
Und in den Nachtthau sank er nieder.

XXI.

Was ist zu thun? Schon wird es hell
Und Bruce's Schaar rückt vorwärts schnell.
O ew'ge Schmach, blitzt' im Gefechte
Nicht vor der Front Lord Ronalds Rechte!
„Sieh dort den morschen Eichenbaum,
Es klafft im Stamm ein dunkler Raum:
Dort ruh dich aus; doch hüll' dich dicht
In meinen Plaid — Leib und Gesicht.
Verlaß dich drauf — ich bin nicht weit;
Doch ruft mich meine Pflicht zum Streit.
Den Bach am Busche merk' ich mir
Und hole bald dich ab von hier.
Weine nicht, närr'scher Kauz, schlaf ein!
Und wachst du auf, wird's besser sein."
Er packt' ins enge Waldgemach
Dicht ein den Pagen, eilte jach
Dem Heer nach über Stock und Stein
Und holte bald die Truppe ein.

XXII.

Noch weinte lang und seufzte tief
Der Knab', eh' er erschöpft entschlief.
Ein rauher Ton weckt' ihn: „Nein hier!
Hier längs dem Dickicht sprang das Thier!'
Und Ryno in die Eiche späht —:
„Ha! was ist das? — ein schott'scher Plaid!
Ein Junge drin! Wahrhaftig seht!
Wer bist du? und woher mein Sohn?

Was? Stumm! Aha! Dann weiß ich's schon —:
Von Cuthberts Zelle der Spion,
Seit gestern früh aus Arran hier.
Kamraden kommt zurück mit mir.
Lord Clifford wird ihn schon bekehren
Und auf der Folter sprechen lehren.
Bind ihn mit deiner Bogenschnur.
Er weint und bebt — dann laß es nur:
Er geht inmitten unsrer Rotte.
Ein schmucker Bursch — obschon ein Schotte."
Und eilig zog der Jägertroß
Mit dem Gefangnen auf das Schloß.

XXIII.

Lord Clifford macht' um diese Zeit
Im Schloßhof sich zur Jagd bereit,
Bald ernst mit Lorn sich unterhaltend,
Bald zwischen Meut' und Rossen schaltend.
Zelter und Hengst scharrt schon den Grund,
Im Kreise heult manch grimmer Hund.
Es schien Lorn's wohlbekanntes Wort,
Da jetzt er sprach zum fremden Lord,
In all' dem Lärmen Amadine
Ein Klang aus Fieberphantasien.
Der Ton kam ihm in seinem Ohr
Wie das Gesumm der Wogen vor,
Drin, wenn der Sturm das Meer empört,
Der Lauscher Weheklagen hört,
Bis lauter, näher und bestimmt
Der Page dies Gespräch vernimmt.

XXIV.

„Und so,“ sprach Clifford, „kam sie fort?
Allein der Abt, hat der kein Wort?
Den sollt' es reu'n!“
„So viel erhellt
Durch ihn, daß wunderlich verstellt,
Vermummt als Mann, nur ihm bekannt
Sie sich in seinem Boote fand.
Früh Morgens, sagt der heil'ge Mann,
Lief eine Yacht von Lorn sie an:
Piraten, die das Mädchen stahlen.
Er wollte Lösegeld bezahlen.
Sie sagten zu — da bricht die Wuth
Der Stürme los; es brüllt die Flut
Und treibt die Räuber fort ins Meer.
Sie trafen sich seitdem nicht mehr.
Er meint, daß in dem Sturmesdrang
Die Mannschaft sammt dem Schiff versank.
Sei es darum! Zur Schmach und Schande
Ihrem Geschlecht und ihrem Stande!
Viel besser, wär' sie nie geboren,
Als unserm Haus zum Schimpf erkoren.“

XXV.

Als Clifford den Gefangnen sah,
Rief er: „Was, Herbert, hast du da?“
„Ein Späher just im Park entdeckt;
Ein hohler Baum hielt ihn versteckt.“ —

„Was sagt der Bursch? Wie stehn die Dinge?" —
„Er stellt sich stumm."
„Dann schürzt die Schlinge —,
Wenn nicht Herr Lorn Einspruch erhebt
Für seinen Plaid."
„Clan Colla webt" —
Sprach Lorn, der nur das Kleid betrachtet
Und wenig das Gesicht beachtet —
„Den Tartan webt nur Colla's Clan;
Der Bursch sammt Plaid geht mich nicht an.
Ich ließe, soll ich Rath hier geben,
An seinem hohlen Baum ihn schweben;
Es müßte denn vorher der Schrecken
Die Zunge ihm zur Beichte wecken.
Gönnt ihm beim Tod sein Ritual.
Du, Angus Roy, gieb Acht zumal,
Blas ihm auf seinem letzten Gang
Clan-Colla's eignen Klaggesang.
„O Bruder, grausam bis zuletzt!"
So denkt in seiner Brust entsetzt
Der Page, doch trotz seinem Weh
Seufzt er — doch sagt er nicht „Ade!"

XXVI.

Und bleibt er treu bei dem Entschluß
Auch da, wo Alles enden muß?
Wenn Freiheit, Sicherheit und Leben
Ein Hauch, ein Wort ihm würde geben?
Und widersetzt er sich dem Trieb
Zum Dasein, das uns allen lieb?

Stärker als Tod ist Liebespflicht.
Sie stählt sein Herz; drum weicht er nicht.
Denn jener Hauch, das kleine Wort,
Es gäbe Ronald Preis dem Mord.
Clan-Colla's Grablied schmettert weit;
Der Henker giebt ihm das Geleit.
Schon um den Park der Zug sich wendet,
Wo jetzt am grausen Ziel er endet.
An der vermorschten Eiche droht —
Wie Lorn befohlen — ihm der Tod.
Was denkt er, als vergeblich er
Nach Beistand ausschaut rings umher?
Was denkt er, als der Beter Chor
Das Amen wirbelt in sein Ohr?
Soll er den Schächertod empfahn?
Bricht sich der Brust Geheimniß Bahn?
Die Stirn benetzt des Schreckens Thau,
Die zitternde Lipp' ist bleich und blau;
Nicht reicht der letzte Todeskrampf
An dieses Augenblickes Kampf.

XXVII.

Doch nah sind andre Zeugen schon,
Die schreckt nicht Furcht noch Todesdrohn.
Sobald der Grabgesang erschallt,
Weckt er im Busch den Hinterhalt.
Der Inselfürst späht um sich, schaut
Den Grund und ruft im Ingrimm laut:
„Sie morden Amadine! und höhnen
Mich noch, bei Gott, mit diesen Tönen.

Sie soll'n es büßen!" — Seinen Arm
Griff Bruce fest: „Ihm geschieht kein Harm,
Man krümmt dem Knaben nicht ein Haar!
Nehmt ruhig meines Winks nur wahr!
Douglas, du ziehst mit funfzig Mann
Den Hohlweg hier am Bach hinan;
Du legst dich in die Büsche dort
Zwischen die Flücht'gen und das Fort,
Und läßt den Speerschaft sehn, sobald
Du fertig bist im Hinterhalt.
Edward, du schleichst im Busch zur Rechten
Ans Thor mit funfzig Lanzenknechten.
Beim ersten Schlachtlärm spring hervor,
Sichre die Brücke, nimm das Thor
Und setz dich in dem Schloßhof fest.
Ich rücke langsam mit dem Rest
Im Forst ganz in des Feindes Nähe,
Bis Douglas' Zeichen ich erspähe.

XXVIII.

Dem Streitroß gleich, das ruhelos
Harrt auf den Schlachtdrommetenstoß,
Steht Ronald, kaum auf seiner Hut,
Im Waldversteck und bebt vor Wuth,
Blau in der Faust die Klinge strahlt,
Von grimmrer Farbe bald gemalt.
Bruce folgt mit festem Blick dem Pfad
Des Todeszugs, der jetzt ihm naht,
Und mißt besorgt den Raum von weiten,
Den Douglas Schaar noch muß durchschreiten,
Bis sie den Hinterhalt erreicht.

Der Klang des Todtenliedes schweigt,
Und um den grausen Eichbaum reiht
Sich sacht und ernst das Grabgeleit.
Dumpfes Gebet; der heisre Ton
Der Hymne ruft das Opfer schon —
Was blitzt dort überm grünen Wald?
Der Speer aus Douglas' Hinterhalt.
„Jetzt, edler Lord, jetzt rasch zu Fuß!
Jetzt Ronald drauf!" So rief der Bruce.

XXIX.

„Der Bruce, der Bruce!" — den Kriegsruf hallt
Zurück sein heim'scher Berg und Wald.
„Der Bruce, der Bruce!" Das Wort ist heut
Für Hunderte das Grabgeläut.
Der Feind erschrickt und späht verwirrt,
Von wo der Blitzstrahl zucken wird,
Der in dem Schreckensnamen wettert —,
Als hinten, vorn, rundum er schmettert;
Als halb bewaffnet, rings umstellt
Die Schaar zerhaun wird, blutet, fällt.
Bruce wüthet mitten in dem Kreis;
Clan Colla's Schwert rast blutig heiß.
Die wen'gen Kämpfer liegen schon;
Der Flieh'nden harrt kein beſſ'rer Lohn.
Blind stürzt im Schreck das kleine Heer
Auf Douglas' fürchterlichen Speer!
Es zogen früh zweihundert Mann
Vom Schloß. — Kein Einziger entrann.

XXX.

Doch Ronald's Schwert verfolgt sie nicht.
Ihn fesselt eine zarte Pflicht.
Er muß den Pagen erst erwecken,
Der noch bewußtlos lag vor Schrecken,
Und zweimal jetzt fast offenbarte,
Was Furcht bisher geheim bewahrte.
Zuerst, als dem kaum neu Belebten
Zwei Silben auf den Lippen schwebten:
„Ronald!“ — und eben nur den Klang
Ein dumpfes Murmeln noch verschlang —:
Und dann, als er des Häuptlings Hand,
Die ihm des Busens eng Gewand
Aufnestelte, kaum widerstand.
Doch da rief Bruce's Hifthornton
Zu neuen Kriegesthaten schon.

XXXI.

Edward. steht Schwereres bevor.
Vor dem Signal hat er das Thor
Bestürmt mit wildem Schwert.
So wallt ihm stets sein heißes Blut.
Doch oft ist der Verzweiflung Muth
Bei rauher That, ja grimme Wuth
Mehr als Berechnung werth.
Er wirft sich auf den Steg mit Macht,
Daß morsch entzwei die Kette kracht,
An der die Brücke hängt,

Streckt auf der Schwelle dann in Eil
Den Thorwart nieder mit dem Beil,
Daß seine Leich' als grauser Keil
Den Eingang offen zwängt.
Brav schlug der Feind sich diesen Tag,
Clifford und Lorn that Schlag um Schlag,
Doch nichts hemmt Edward, der sich jach
Durch hundert Feinde drängt.
Laut gellt der Schrei: „der Bruce, der Bruce!“
Ein frischer Schwarm dringt auf dem Fuß
Den ersten Streitern nach.
In Siegeswuth, berauscht von Blut
Ergießt sich mordend ihre Flut
Durch Zwinger und Gemach.
Das Rächerschwert war schonungslos,
Verstümmlung hier, hier Tod das Loos,
Geschrei und Lärm von Hieb und Stoß
Und tosendes Gekrach.
Die Rosse schlugen wüthend aus,
Gebell erscholl durch Hall' und Haus.
So tobte fort der Kampf,
Bis jeder Feind im Schlossesrund
Todt oder röchelnd auf dem Grund
Dalag im Todeskrampf.

XXXII.

Der tapfre Clifford auch ist todt;
Sein Blut färbt Ronalds Klinge roth;
Doch der von Lorn hat beſſ'res Glück;
Er wich im Drang des Kampfs zurück

Und schlug mit einem schwachen Reste
Zum Hafen sich am Fuß der Veste;
Rasch ist das Tau gekappt!
Zur Beichte wär' ihm kurze Zeit
Gegönnt im grimmen Todesstreit,
Hätt' ihn der Bruce ertappt!
Nun donnert laut das Siegsgeschrei
Ringsum von Thurm und von Bastei,
Daß Wölbung dröhnt und Gruft,
Und auf des Bergfrieds hohem Rund
Sieht man von Carricks Land und Sund
Andreas' Kreuz auf Purpurgrund
Weit flattern durch die Luft.

XXXIII.

Bruce ist in seines Vaters Halle:[36]
„Willkommen Freund' und Brüder alle;
Freut euch und jubelt hier.
Alle — vom Häuptling, Fürst und Lord
Bis zu dem stummen Pagen dort,
Willkommen seid ihr mir!
Gott! Meiner Ahnen Schloß und Land
Ist mein! Hier wankt' am Gängelband
Als Kind ich unbewußt.
Dies das Gewölbe, das erklang,
Wenn ich als Knabe jauchzt' und sprang,
Das widerhallte den Gesang
Aus heitrer Jünglingsbrust!

Allgüt'ger Himmel, erst sei dir
Gedankt, dann meinen Freunden hier!"
Er schwieg, bekreuzte sich dreimal,
Warf auf den Tisch den blut'gen Stahl,
Noch dampfend von der Feinde Tod,
Vom Griff zur Spitze purpurroth. —

XXXIV.

Und sprach: „Bringt mir die vier Pokale;
Mein Vater liebte sie beim Mahle.
Laßt dreimal um den Tisch sie gehn.
Der Spruch ist: Schottlands Auferstehn!
Und wessen Mund berührt den Wein
Und stimmt in meinen Schwur nicht ein,
Für nichts zu achten Gut und Blut,
Eh' er erkauft der Freiheit Gut:
Der soll als Feind dem Schottenlande
Gebrandmarkt sein mit ew'ger Schande.
Setzt, lieben Freund', euch; unsre Zeit
Ist kurz; sei sie der Lust geweiht.
Am holdesten das Sonnenlicht,
Das durch Gewitterwolken bricht.
Der erste Schritt ist gut gelungen,
Doch lange nicht das Ziel errungen.
Laßt Boten sich durch's Land zerstreun,
Bündnisse schließen und erneu'n.
Laßt Lanarks Ritterschaar sich gürten;
In Teviot weckt die tapfern Hirten.
Laßt Ettricks Stamm die Bolzen stählen,
Das schönste Volk, die treusten Seelen.

Auf, alle auf! Von Reedswaire=Path
Zur wilden Gränze von Cape=Wrath,
Laßt weit den Ruf durch Schottland dringen:
Des Nordens Adler hebt die Schwingen!"

Sechster Gesang.

I.

Wer hielte nicht, so lang' er lebt und denkt,
Der wild erregten Zeit Erinnrung wach,
Da Bot' auf Bote athemlos gesprengt
Zum Markt kam, früh und spät, bei Nacht und Tag;
Da Glockenläuten und Kanonenkrach
Verkündete, daß Sieg auf Sieg gewonnen,
Und bei der Hoffnung kühnerm Flügelschlag
Der frohe Blick, sobald der Tag begonnen,
Der Freude Banner sah breit flattern in der Sonnen.

Es machte dieser Stunden trunkne Lust
Die lange Nacht der Zweifelsqualen gut,
Die Ohnmacht in der hoffnungsöden Brust —
Und was von Thränen, Jammer, Weh und Blut
Trieb in der zwanzig Schreckensjahre Flut,
Versank in dieses Freudenstrudels Schwall.
Selbst bleicher Kummer hob den Blick voll Gluth
Zum Dankgebet und grüßt' in Jubelschall
Freiheit und Frieden und des Welt-Despoten Fall.

Von solcher Mähr Schottlands Gebirg erscholl,
Als des Erobrers Schlachtenschale sank,
Als Bruce's Banner wieder siegreich schwoll
Um Loudouns Höhn und Ury's Schlucht entlang,[37]
Als Douglas' Thal im Feindesblut ertrank[38]
Und Edwards Kraft St. John den tapfern schlug,[39]
Als Randolphs Kriegsruf hell im Süden klang,[40]
Stadt, Schloß und Burg erlag dem Siegeszug
Und Fama durch das Land stets neue Glorie trug.

II.

Vom Herrenschloß zum Hüttendach
Und bis zum stillen Waldgemach
Rief jetzt der Jubel Alles wach,
Ja, überschritt die Klosterschwelle
Und drang in St. Brigittens Zelle,
Wo — nicht mehr Fürstin — Isabelle
Der Ordenspflicht sich weiht.
In düstrer Tracht erscheinst du hier
Im Schleier und im Scapulier,
Beraubt der braunen Lockenzier.
Doch gönnt der harte Eid
Dir hoffentlich noch das Entzücken,
Das strahlt aus deinen feuchten Blicken,
Wenn Pilger oder Minstrel naht
Und singt von Bruce's neuster That.
Und wer ist sie, die bei dir weilt,
Und Furcht und Hoffnung mit dir theilt?
Nicht eine aus der Nonnenschaar.
Das sagt das lang gelockte Haar;

Das sagt das Roth, das sie umschwebt,
Der Seufzer, der den Busen bebt,
Das Zittern, das sie rasch durchbebt,
So oft mit Bruce's Ruhm vereint
Des tapfern Ronalds Preis erscheint.

III.

Als er des Vaters Schloß gewonnen
Und seinen kühnen Kampf begonnen,
Hat Bruce sofort nach Arran's Strand
Das stumme Kind zurückgesandt,
Wo bald das Schwesteraug' entdeckte,
Wer unter der Verkleidung steckte.
So wohnten liebend, Schwestern gleich
Sie in der Zelle stillem Reich,
Und zögernd stimmte Bruce jetzt ein,
Dem Kloster Isabel zu weihn.
Hier nahm denn auch Lorns holde Maid
Bald wieder an ihr Mädchenkleid
Und weilte still und unbekannt,
Weil ringsum rast des Krieges Brand.
So schwand in ruh'ger Einsamkeit
Durch Tag' und Monde hin die Zeit.

IV.

Und Tag und Mond und Jahr entschwand;
Da kam zum stillen Inselstrand
Die Nachricht inhaltsschwer:
Von Allem, was dem Schottenland
Entriß des ersten Edwards Hand,
Besaß sein Sohn nichts mehr

Nordwärts vom Tweed als Stirlings Schloß,
Das Bruce mit Heeresmacht umschloß
Und zwang zu dem Vertrag,[41]
Sich zu ergeben seiner Macht,
Wenn England nicht Ersatz gebracht
Bis St. Johannistag.
England stand auf — Sendboten liefen,
Herolde ritten aus mit Briefen,
Zu fordern Fürst und Pair:
Sie soll'n sich, Stirling zu befrein,
Bei Berwick um den Lehnsherrn reihn
Mit Schwert und Schild und Speer.
Die Zeit rückt nah — es ruft sie schon
Das Leuchtsignal, des Hifthorns Ton
Zur Mustrung ins Gefild.
Da ritten die Herrn von hohem Stand,
Da kamen die Schützen von Engelland,
Der Heerweg schien ein Flammenbrand —
Von Banner, Kling' und Schild.
Und nicht nur Englands stolze Macht
Folgt kriegsbewährt dem Ruf zur Schlacht:
Es kommt vom Waskenland,
Von Neustrien kommt manch Ritter gut,
Auch Cambria's jüngst gezähmter Muth
Schickt vom Gebirg den Heertribut,[42]
Aus Connaught strömt die wilde Flut
Von hundert Stämmen, deren Wuth
Kaum Eth=O'Connor bannt.[43]

V.

Und langsam rollt das Wetter schon
Zum Tod=geweihten Caledon
Verderbenschwer heran:
Wie schwarze Donnerwolken sacht
Erst sammeln ihre droh'nde Macht,
Bis um die Wipfel rings die Nacht
Erschreckt den Wandersmann.
So, aber nicht erschrocken, sah
Robert das Ungewitter nah.
Entschlossen, ihm zu stehn,
Schickt seine Botschaft er ins Land
An Alle, die ihm zugewandt,
Mit Schwert und Speer und Stahlgewand
Zum Kampf mit ihm zu gehn.
Wer nennt all die berühmten Namen,
Die auf den Ruf des Königs kamen
Zum Streit für's gute Recht!
Von Cheviot bis zum Strand von Roß,
Von Solway=Sand bis Marshall=Moß
Entschlossen zum Gefecht.
Nach Arran brachte solche Mähr
Der Bote, der dort rief das Heer.
Doch insgeheim hört andre Kunde
Noch Isabel aus seinem Munde;
Die theilt sie, als zur Morgenstunde
Mit ihr den Kreuzgang sie durchschritt,
Dem Fräulein Lorn vertraulich mit.

VI.

„O Edith, wohl ist dir es kund,
Wie unsrer Herzen inn'ger Bund
Recht glücklich mich gemacht.
So denke, was mein Herz muß leiden,
Wenn ich dir sagen soll: Wir scheiden.
Des Klosters öde Nacht
Ist, süße Maid, für dich kein Ort.
Dich ruft es in die Freiheit fort,
Wo holdres Glück dir lacht.
Es weiß mein Bruder Robert zwar,
Daß Fräulein Lorn sein Page war;
Doch steh' ich vor Verrath dir gut.
Er kennt der Männer Wankelmuth
Und müht sich sorgsam zu erkunden,
Was Ronald bei dem Rath empfunden,
Den mit dem letzten Abschiedsgruß
Ihm sandte Isabella Bruce:
Er solle seinen Eid nicht brechen
Und treu dir halten sein Versprechen.
Drum magst du, Schwester, ihm verzeihn.
Denn quält' ihn einst auch eitle Pein,
Längst ist die Stimmung fort.
An deine Rechte denkt er jetzt;
Ihn reut, daß er den Eid verletzt.
Bedenk' auch du dein Wort."

VII.

„Nein, nie in Ronalds Kämmerlein
Geh' ich als sein Feinsliebchen ein" —

Still, still! Und sei nicht gleich empört,
Bis du zu Ende mich gehört!
Der König will als Edelknaben
Dich wieder gern zur Seite haben,
Damit dein eignes Aug' und Herz
Ernst prüfe Ronalds Reueschmerz.
Es steh' im Königsschutz dir frei,
(Wenn dies dein letzter Vorsatz sei)
Zurück zu mir dich zu begeben
Und hier vereint mit mir zu leben."
So sie. Des Königs kluger Sinn
Ersah dabei noch sonst Gewinn.
Dunstaffnage war in seiner Hand,
Lorn hatte Robert anerkannt;
Der Lord war todt — nach Engelland
Geflüchtet starb er dort verbannt —
Und über Schloß und Land gebot
Jetzt Edith, reich durch Flucht und Tod.
Dies volle Recht auf Schloß und Land
War sicher in Lord Ronalds Hand.

VIII.

Der scheue Blick, die Gluth der Wangen
Verkündet Lust und Scham und Bangen.
Doch viel hat Edith noch zu sagen,
Der Schwester Treubruch anzuklagen,
Die eines Andern Ohr entdeckt,
Was sie so tief geheim versteckt.
„Soll ich des Klosters Frieden meiden?
Wie kann von Isabel ich scheiden?

Wie die Vermummung wieder tragen?
Mich unter die Soldaten wagen?
Wer giebt zum Heer mir das Geleit?
Laß wenigstens mir etwas Zeit.“
Die Freundin lächelt, sie ermißt —
Und tadelt nicht der Jungfrau List,
Die vor dem Schein der Hast sich scheut,
Wenn ihr der Lieb'e Ruf gebeut.

IX.

Ach, schilt sie nicht; des Zephyrs Hauch
Bewegt das Blatt am Espenstrauch,
Und wenn der Sonne Strahlen sprühn
Im Lenzmond — muß das Veilchen blühn.
Wie auch das Mägdlein widerstrebt:
Die Liebe lebt, wenn Hoffnung lebt.
Auch fehlt es nicht an tausend Gründen,
Der Jungfrau Scheu zu überwinden.
Als Kind war sie mit Hand und Eid
Durch ihren Vater ihm geweiht.
Dann wollt' es Bruce, in dessen Hand
Lehnspflichtig sie mit Leib und Land
Als Unterthan und Mündel stand.
Endlich — nur kurz war der Versuch,
Ein einz'ger kleiner Tag genug;
Verkleidet, jedem Blick versteckt,
Von Ronald vollends unentdeckt —
Ihn einmal sehn — sich nennen hören
Von ihm — wer will den Wunsch ihr stören?
Heimwärts zu wenden dann den Pfad
Wissend, es reut ihn sein Verrath —?

Doch Isabel erkannte lange
Den nassen Blick, die bleiche Wange,
Und sah, obwohl sie schuldlos war
An Edith's Leid, die Ursach klar.
Voll Edelmuth ist sie erfreut,
Daß sich ein Weg zur Sühne beut.
Sie sprach mit tief bewegtem Herzen:
„Reich wird der Lohn für ihre Schmerzen.“
Der Abschied kam; von Arrans Strand
Ward neues Kriegsvolk ausgesandt.
Fitz-Louis führt es; Amadine
Soll unter seinem Schutze ziehn.
Der König hofft, daß jede Ehre
Man seinem Liebling gern gewähre.

X.

Sie würd' ihn, hatte Bruce gedacht,
Erreichen lange vor der Schlacht.
Sturm und Geschick hemmt' ihren Lauf.
Sie eilt die Gillies-Höhn hinauf
Am Abend eh' der Kampf entbrannt.
Ein glüh'nder Ofen schien das Land.
Die Lanzen wogten weit und breit
Wie Ähren in der Erntezeit.
Hier, in vier Reihn getheilt zur Schlacht,
Liegt König Roberts Heeresmacht.
Ein Hauf am Bergesfuß geschaart
Zu Hülf' und Rückzug aufgespart.
Voran gerückt die andern Reihn
Von Bannocks Bach bis Ninians Schrein —

Getrennt, doch nicht zu weit gestreckt,
So daß ein Zug den andern deckt.
Jenseits erscheint des Südens Heer,
Ein Urwald, endlos, Speer an Speer.
So weit die Augen ängstlich spähn,
Ist keine Gränze abzusehn.
Rings blitzt es in des Abends Glanze
Von Schwert und Axt, Panier und Lanze,
Der Waffen Schimmer strahlt und blinkt,
Bis wo zum Berg der Himmel sinkt.
Das Heer verliert sich gränzenlos
Bis in der ew'gen Bläue Schooß.

XI.

Die Maid entsetzt vom Berge stieg,
Ihr grauste vor dem wilden Krieg,
Und sie durchschritt zuerst das Feld,
Wo Bruce den Nachtrab aufgestellt,
Wo Lennox stand und Lanarks Heer,
Die Schaar von Carrick und von Ayr,
Des Westens ganzes Land
Und wo das Inselvolk zum Streit
Sich unter seinen Fürsten reiht
In scheckigem Gewand,
Dort, wo vom Winde stolz gebläht,
Des Bruce Reichsfahne flatternd weht.
Daneben zeigt Ronalds Panier
Ein segelnd Schiff als Wappenzier.
Wie bunt das durcheinander dringt,
Wie Stahlhelm hier und Panzer blinkt,
Dort Plaid und Federmütze winkt,
Der Inselleute Kleid.

Und ach, wie lange Jahr' entbehrt,
Wie war die Hochlandstracht so werth
Von Lorn der holden Maid!
Sie späht nach Einem — der ist weit;
Er rüstet emsig sich zum Streit —
Doch sieht sie hoch sein Banner wehn.
Sie kann es ungerührt nicht sehn;
Blickt auf des Feinds endlose Schaaren
Und denkt voll Graun der Kriegsgefahren.

XII.

Fitz-Louis führt jetzt Amadine
Erst zu des Nachtrabs Mitte hin.
Zu Fuß, in Rüstung, Speer an Speer,
Ein blanker Erzwall scheint das Heer.
Des Markwarts tapferm Haufen war
Gesellt dort Lodons Kriegerschaar.
Etrick und Liddel spannt den Bogen;
Klein ist der Haufe, doch verwogen.
Die aus dem Thal von Nith und Annen
Stehn hier und Teviots kühne Mannen.
Sie folgen Douglas' kühnem Muth,
Und Stuart, ihm von sanfterm Blut.
Nordostwärts bei St. Ninian's Schrein
Ziehn sich des kecken Randolphs Reihn,
Die Krieger, die nach Süderland
Der kühne Nord vom Tay entsandt.
Doch unter Edward Bruce gen West
Lagert des Schottenheeres Rest,
An Bannocks schroffem Bord gestreckt,
Deß steile Kluft die Flanke deckt.

Dahinter hat am dichten Wald
Lord-Marschall Keith, der tapfre, Halt:
Sein Ritterheer in vollem Glanze
Mit Helm und Busch, mit Kolb' und Lanze.
So hatte Bruce sein Heer gestellt:
Links, rechts, inmitten nahm das Feld
Die Front ein; das Ersatzheer stand
Zu starkem Schutz nicht fern zur Hand.
Und zu des Heeres Fronte schritt
Fitz-Louis und nahm Edith mit.

XIII.

Hier halten wir. Denn vor dem Heer,
So weit ein Mann wirft mit dem Speer,
Ritt der Monarch entlang, allein,[44]
Scharf spähend nach den Feindesreihn,
Die eignen Schaaren ordnend, richtend,
Die Fronten ändernd und verdichtend.
Er ritt allein; von Kopf zu Fuß
In Stahl gewappnet ritt der Bruce.
Sein Gaul war nicht von Kriegerschlag.
Er saß, bis heißer ward der Tag
Auf einem Zelter, klein und schwach.
Sein blanker Stahlhut blitzt und glänzt
Vom goldnen Diadem umkränzt,
In dessen glitzernd hellem Ring
Der Handschuh Argentine's noch hing.
Nicht Feldherrnstab noch Scepter trägt
Die Faust, die eine Streitaxt wägt.
Er stellt zur Schlacht die Krieger an,
Offen gesehn von Jedermann

In jedem Heer. Drei Pfeilschuß weit
Hielt Englands Macht zum Kampf bereit.
Sie ruhten noch auf ihrer Wehr,
Schlossen und ordneten das Heer
Und hielten Rath, ob vor der Nacht,
Ob morgen erst genehm die Schlacht.

XIV.

O Anblick, graus und schön zumal,
Wie goldumstarrt, umblitzt von Stahl,
    Umsträubt von Beil und Speer,
Von Federbusch und Fahn' umflogen
Die Pairs mit Englands König zogen
    Und musterten das Heer.
Wer, der den Fürsten dort sieht reiten,
Sein Reich in Waffen ihm zur Seiten,
Denkt wohl sein grauses Schicksal sich?
Er sitzt im Sattel ritterlich
Und als Plantagenet erweist
Ihn seines muntern Auges Geist,
Das unstet zwar und matt von Glanze,
Doch blitzt beim Schein von Schild und Lanze.
Er sprach: „Den Ritter, Argentine,
Der dort das Heer stellt, kennst du ihn?“
  „Der Helmschmuck ist mir wohlbekannt;
Er, der ihn trägt, wird Bruce genannt.“
  „Und wagt der freche Meutrer mir
Zu trotzen vor dem Reichspanier?“
  „Mein gnäd'ger Herr, trüg' ihn ein Pferd
Gleich meinem und des Reiters werth,

Gern würd' ich meine Lanze wagen,
Rechtlichen Kampf ihm anzutragen."
Der König drauf: „Für offne Schlacht
Ist kein Turniergesetz gemacht.
Und soll mir trotzen der Rebell?
Schafft aus dem Weg ihn! Vorwärts, schnell!"
Auf König Edwards Wort sprengt nun
Kühn vor die Front Sir Henry Boune.

XV.

Er stammt von Herefords hohem Blut
Berühmt durch ritterlichen Muth.
Er brennt, ein kühnes Ritterstück
Zu wagen vor des Königs Blick.
Er fliegt mit eingelegter Lanze
Spornstreichs auf Bruce zum Waffentanze.
Fest, wie im Meer der Felsen ruht,
Wenn schäumend auf ihn stürmt die Flut,
So steht Bruce. Jedes Herz klopft hart;
Geblendet jedes Auge starrt.
Der Geist hat Zeit zum Denken kaum,
Die Wimper nicht zum Zucken Raum,
Wie auf den König Mann und Roß
Im Flug gleich Wetterleuchten schoß.
Das Rebhuhn mag den Habicht necken,
Besteht der Klepper diesen Schrecken.
Doch Bruce im Augenblicke bog
Dem Stoß aus — und der Ritter flog
Getäuscht vorbei im vollen Schuß;
Doch kam sein Lauf sofort zum Schluß.

Der König stand im Bügel hoch,
Indem die Faust die Streitaxt wog.
Grad' als de Boune vorüberbraust,
Der grimme Hieb herniedersaust.
Es fällt der Schlag mit solcher Macht:
Der Helm wie Haselnuß zerkracht,
Der Axtschaft mit dem eh'rnen Band
Splittert hinauf bis an die Hand.
Scheu bäumt das Schlachtroß bei dem Streiche,
Zu Boden fällt des Ritters Leiche.
Der erste, der dort sollte ruhn
Auf blut'ger Wahlstatt, war de Boune.

XVI.

Noch einen Mitleidsblick bot Bruce
Dem todten Feind zum Abschiedsgruß.
Dann lenkt' er sacht des Zelters Fuß
Langsam zurück zu seinem Heer.
Die Führer drängten um ihn her
Und tadelten die Keckheit sehr,
Die jedem wilden Abenteuer
Ein Leben Preis gab, Allen theuer.
Der Fürst sah seine Streitaxt an,
Worauf er trocken so begann:
„Die Thorheit ist bereits gerochen;
Ich habe meine Axt zerbrochen.“
Da trat Fitz=Louis zu dem Helden,
Den Auftrag Isabels zu melden.
Edith, die in der Ferne stand,
Barg ihr Erröthen mit der Hand.

Der Fürst erheitert sich sofort,
Wirft weg das Beil bespritzt von Mord
Und nähert sich dem Pagen dort,
Das Auge frei von Kriegesschrecken;
Leicht drückt er ihre Hand und sacht
Mit einem Blick, der wie gemacht,
Ein scheues Kind zum Muth zu wecken,
Wie wenn ein ältrer Bruder spricht
In Bruderliebe — anders nicht.

XVII.

„Mein kleiner Amadine, sei froh!"
Dann flüstert er: „Noch heißt du so; —
Das Schicksal macht sich einen Scherz
Mit dir und mir, mein liebes Herz.
Es schickt dich her just vor der Schlacht.
Doch bald ist's aus mit seiner Macht.
Hier auf dem Feld, das vor dir liegt,
Bleib' ich — ob Sieger, ob besiegt.
Zu jenem Hügel klimm hinauf;
Dort hält sich mein Gefolge auf
Und Alles, was nicht taugt zur Schlacht.
Fitz-Louis, nimm ihn wohl in Acht.
Froh treff' ich dich, geht Alles gut;
Wo nicht, in Arran's heil'ger Hut
Thu so wie meine Schwester thut.
Denn Ronald schwur mit heil'gem Eid,
Selbst nicht um Lorn's geliebte Maid
— Das höchste Erdenglück für ihn —
Von seinem Posten zu entfliehn;

Das Loos zu theilen, wie es falle
Für Bruce, für Schottland und für Alle.
Doch horch! Das war Trompetenton!
Vergieb die Hast! Leb wohl, mein Sohn."
Doch leise sprach er und bei Seit':
„Leb wohl, sei furchtlos, süße Maid."

XVIII.

„Staub wirbelt auf, Speerspitzen blinken,
Drommeten schmettern uns zur Linken!
Man schwenkt um deine Flanke, Graf!"
Rief Bruce, da er auf Moray traf.
„Randolph, der Feind, nimmt deine Schanze.
Ein Röslein bricht aus deinem Kranze."
Der Graf schließt sein Visir und spricht:
„Mein Kranz blüht, bis mein Leben bricht.
Vasallen, folgt!" So stürzt er jach
Sich auf den Feind wie Wetterschlag.
Und Douglas sprach: „Mein Fürst, es stehn
Die Mannen Randolph's eins zu zehn.
Laßt mich beispringen seiner Schaar."
„Halt! nein! Da es sein Fehler war,
Mag er ihn bessern, wie er kann;
Mein Heer zu schwächen geht nicht an."
Und horch! Der Schlachtschrei laut erscholl,
Daß hoch das Herz dem Douglas schwoll.
„Mein Fürst, es muß mein Ohr empören,
Hier Moray's Grabgeläut zu hören."
„Geh denn! Doch komm sogleich zurück!"
Douglas schoß fort im Augenblick;

Doch als den Hügel er gewann,
Hielt er die Seinen plötzlich an.
„Seht, seht! Der Feind rennt querfeldein!
Ha! tapfrer Graf, der Sieg ist dein.
Seht dort die losen Rosse laufen,
Sein Banner weht im dicksten Haufen.
Hier ist kein Ruhm mehr zu erwerben.
Wir woll'n den seinen nicht verderben."
Der Douglas ritt zurück zum Heer;
Bald war bekannt die frohe Mähr,
Daß Dayncourt fiel von Randolph's Speer,
Und wilde Flucht ergriff sein Heer.
So schloß der vielbewegte Tag,
Wo jedes Heer in Waffen lag,
Bereit schon auf den nächsten Schlag.

XIX.

Wohl lieblich war die Juni=Nacht;
Hoch hielt der Mond am Himmel Wacht.
    Demayet glänzt' in seinem Strahl
Und Stirlings graue Zinnenwand,
Und schimmernd wie ein Silberband
    Schlang sich der Strom durch's Thal.
Sanfter Planet! Die nächste Nacht
Hat andern Gruß dir zugedacht:
Zerbrochne Wehr, zerriss'ne Fahnen,
Im Moor des Blutes schwarze Bahnen,
Wenn träg des Forth's Gewässer schleichen
Gestaut von Roß= und Menschenleichen,
Wenn der Verwundeten Gewimmer
Verhallt in deinem Silberschimmer!

Jetzt tönt aus Englands Heer der Schrei
Von Zechgelag und Schmauserei;
Doch aus der Schotten Zelt der Klang
Von Betenden und Meßgesang.
Hier schuf die Überzahl den Trutz,
Das Häuflein dort sucht Gottes Schutz.

XX.

Auf Gillies Höhn schön Edith stand,
Den Blick zum Schlachtfeld hingewandt;
Um sie der Dienertroß gereiht
Und wer untauglich sonst zum Streit.
O, wie mit innerm Kampf sie schaut
Nach Osten, wo der Morgen graut.
Jetzt schießt um Ochil's Höhn der Strahl,
Jetzt färbt er schon Demayets Thal.
Ist das der Lerche Morgensang?
  Ist das Gedröhn der frühen Dommeln?
Nein, fern, doch wachsend stets im Gang
Schmettert empor Drommetenklang
  Und wirbelt dumpf Geroll von Trommeln.
Und von dem Schottenheere schon
Antwortet Pfeif' und Hifthornton.[45]
Fromm kreuzt sich jeder Mutter Sohn
    Vom Lager aufgeschreckt;
Und Alles stellt zur Schlacht sich an,
Schütz, Lanzknecht, Knapp' und Rittersmann,
Prachtvoll erglänzt der Heeresbann
    Zu droh'nder Front gestreckt.

XXI.

Nun ziehn ins offne Feld hinein
Des Feindesheers endlose Reihn,
Schwarz rollend wie des Meeres Flut,
Wenn sie der West gepeitscht zur Wuth,
Daß brüllend sie mit wildem Muth
Riff und Geklipp bedräut.
Voran die kühnen Schützen schritten,
Die Reisigen dahinter ritten,
Und in des breiten Phalanx Mitten
Der König selbst gebeut.
Manch Streitroß bäumt sich um ihn her,
Es wogt um ihn ein Helmbusch=Meer
Von manchem Herrn erprobt in Wehr
Und Manchem, der der Sporen Zier
Zuerst anlegte und sie hier
Sich zu verdienen freut.
De Argentine hält ihm zur Seite,
Pembroke und Valence kühn im Streite,
Kämpfer, erlesen für die Schlacht
Als des Monarchen Zügelwacht.
Er sah der Schotten Reihn entlang
Und staunte —; denn auf einmal sank
Panier und Schild und Speer.
Die Krieger lagen auf den Knien
Das Schwert gesenkt. „Sieh, Argentine,
Die Meutrer bitten ab! Sie knie'n!
Um Gnade fleht das Heer!"
„Ja wohl um Gnade; doch hab' Acht:
Ihr Flehn gilt einer stärkern Macht!

Siehst du dort mit erhobnen Händen
Den Abt, barfuß, den Segen spenden?[46]
Dies Feld, wo sie jetzt knieend liegen,
Sieht sie heut sterben oder siegen!"
„Dann laßt uns prüfen, wer gewinnt.
Ihr, Glosters edler Graf, beginnt!"

XXII.

Hoch ließ den Stab Graf Gilbert blitzen,
Sowie der Feind vom Boden sprang,
Als ein Signal für Englands Schützen,
Zu ziehn den Bogenstrang.
Um einen Schritt trat vor die Schaar,
Den Raum maß jeder Bursch auf's Haar,
Erhob die linke Hand,
Den Strang ans Ohr die Rechte zog
Und von zehntausend Bogen flog
Pfeilschauer in das Land.
Und auf die Schotten, Schuß auf Schuß,
Ras't es mit tödtlichem Erguß;
So rasch und grimmig schwirrt
Der Grau-Gans Fittig rasselnd drein,
Wie des Decembers Hagelstein
Im Sturmwind pfeift und klirrt.
Nicht Stierhaut-Tartsche zähsten Bau's,
Kein Kettenpanzer wehrt dem Graus.
Weh, Schottenstolz, mit dir ist's aus,
Wenn hier kein Ende wird!
Vom Roß gestiegen hinterm Wald
Steht rechts in sicherm Hinterhalt
Die schott'sche Reiterei.

Den Fuß im Bügel, Hand am Zaum,
Zähmt Edward Bruce am Waldessaum
Sich selbst und seine Tapfern kaum,
Bis Englands Schütz im ebnen Raum.
„Sitzt auf! Ihr Mannen frei!“
So schrie er, und mit kühnem Satz
Nahm jeder Mann im Sattel Platz,
Die Helme blitzen jach empor
Wie Irrwisch-Feuer aus dem Moor.
An jeder Brust der Sturmschild hängt,
Zum Stoß ist jeder Speer gesenkt
Und Edwards Stimm' erklang:
„Auf, Marschall, schlagt das Bauernheer,
Die Bogen schrecken uns nicht mehr.
Zerhaut den Bogenstrang!“ [47]

XXIII.

Nun setzen sie die Sporen ein
Und stürzen in die Schützenreihn.
An keinem Speer bricht sich der Prall,
An keinem Pallisaden-Wall.
Der Landwehr Rüstung ist zu schwach
Für Lanzenstoß und Keulenschlag.
Und was will da ihr kurzes Schwert,
Wo Mann und Roß mit Stahl bewehrt?
Sie sprangen mitten in die Reihn
Und hieben auf die Köpfe ein.
Rachegeschrei und dumpfe Klage
Verkündet Sieg und Niederlage.
Ein Weilchen hält den grimmen Strauß
Der Trotz englischer Herzen aus,

Bis rings erdrückt und rings bedräut
Das Heer zersprengt wird und zerstreut.
Jetzt tanzt der Hirsch und springt das Reh
In Sherwood und in Dallom=Lee,
Kein Pfeil mehr saust im grünen Hag
Vom Bogen, der am Bannock brach;
Und wenn zu Wakefields Maientanz
Die Dirne flicht den grünen Kranz,
Den lust'gen Baum damit zu schmücken,
Mag sie umsonst nach Norden blicken,
Wo wohl der Schütz, ihr Tänzer, weilt.
Zersprengt und auf der Flucht ereilt,
Durchbohrt, verstümmelt und entstellt
Ruhn Tausende auf Bannock's Feld.

XXIV.

Der König sah voll Hohn die Flucht.
„Ist das der Landwehr Kriegeszucht?
Und ihr Prahlhänse konntet spotten,
Ein jeder trag' im Gurt zwölf Schotten?[48]
Geschickt zum Plündern in Gehägen,
Nicht Männer, Feinde zu erlegen!
Vorwärts, ihr Herrn von edelm Blut,
Zeigt jetzt euch adlig auch von Muth;
Macht ritterlich das Treffen gut!“
Rechts von dem Schlachtgewühle schien
Der Weg durch ebnes Feld zu ziehn.
Doch hatt' inmitten überall
Bruce tiefe Gruben abgesteckt
Und Gras und Reisig drauf gedeckt
Dem Feind zu grausem Fall.

Zehntausend kamen angesprengt,
Von Muth entflammt, den Speer gesenkt,
Von Kampflust wild durchbebt,
Mit weh'nden Bannern, Helmen blank,
Mit Schlachtschrei und Drommetenklang;
Der Hufschlag dröhnt das Feld entlang,
Bis wo sich Stirling hebt.
Hinab, hinab! Den Kopf voran
Stürzt durcheinander Roß und Mann,[49]
Und zuckt und zappelt wild.
Verschlungen sind die ersten Reihn,
Die nächsten drängen hinterdrein.
Nicht Ritterhelm noch Schild,
Nicht Harnisch hilft, nicht Speer noch Schwert,
Hand, Herz und Muth sind hier nichts werth.
Laut aus dem wirren Knäuel quillt
Der Ruf der Sterbenden, den wild
Der Rosse Angstgeschrei durchschrillt.[50]
Sie kamen mit des Gießbachs Macht,
Der donnernd durch die Felsen kracht,
Und schwanden, wie des Gießbachs Wucht
Verschlungen wird von dunkler Schlucht.
Es platzt und siedet Flut auf Flut
Und tost und rast mit gleicher Wuth,
Und zu dem wilden Angstgestöne
Fügt jeder neue Schreckenstöne.

XXV.

Doch England war an Muth und Macht
Zu stark, zu weichen aus der Schlacht.
Des Adels Kern ist hier,

Den nie der Feigheit Makel traf:
De Brotherton, der kühne Graf,
Und Oxfords Vere de Vere.
Sein blut'ges Schwert schwang Gloster dort
Sammt Berkley, Grey und Hereford,
Bottetourt und Sanzavere.
Roß, Montague und Mauley kamen,
Percy und Courtenay, stolze Namen,
Bekannt durch Schottlands Kriegsgefahr
Zu Falkirk, Methven und Dunbar,
Und später, glänzender als je,
Zu Cressy und zu Poitiers.
Und hinter ihnen Argentine
Und Pembroke mit dem Nachtrab ziehn.
Mit Vorsicht reiten sie und sacht,
Und nehmen wohl den Grund in Acht,
Schlüpfrig von Blut und überschwemmt,
Von Leichenhaufen rings umdämmt,
Bis Speer und Streitaxt sich begegnen
Und Schwert und Kolbe Hiebe regnen;
Bis dicht geschlossen weit und breit
In schwarzen Wogen rast der Streit.
Da ward erprobt des Douglas Kraft
Und Randolph's stolze Ritterschaft,
Und ruhmvoll kämpfte Stuarts Schwert,
Des Ahnherrn schott'scher Kön'ge werth;
Sie wichen nicht vom Ort;
Doch mannhaft stritt auch Englands Held,
Manch goldner Helmschmuck ward gefällt
Und manche tapfre Brust zerspellt;
Rings wüthete der Mord.

XXVI.

Sie stemmten fest Knie gegen Knie,
Hieb gegen Hieb und wichen nie.
Der Fallenden Gestön
Ward übertäubt durch schrillen Klang,
Der sich von Kling' und Panzer schwang,
Durch Schlachtschrei und Gedröhn.
Doch Massen fielen ungenannt
Vom Südland und vom Schottenland
Und o, in der Vernichtung Wust
Flammt hundertfach die Schlachtenlust.
Für Ruhm eilt dieser zum Gefecht
Und der für seines Landes Recht;
Der, daß er seine Kraft erprobe,
Und der, daß seine Dam' ihn lobe.
Den Schurken treibt der Durst nach Blut,
Gewohnheit den, den kecker Muth.
Doch Schurk' und Krieger, Bös' und Gut,
Lord, Rittersmann und Knapp'
Kehrt heut in blutigem Verein
In eine dunkle Herberg ein,
Die Herberg ist das Grab.

XXVII.

Des Kampfes Kraft zuletzt versiegt,
Da keiner siegt noch unterliegt.
Die Sonn' ist hoch, der Staub rollt dicht,
Und Hieb und Stoß verfangen nicht.
Auf seinem Schwertgriff Douglas ruht,
Randolph streift von der Stirn das Blut.

Nicht minder stritt des Südens Heer
Von Früh bis Mittag hart und schwer.
Lord Egremont erstickte schier,
Und Beauchamp öffnet sein Visir.
Die Lanze Montague entfällt,
De Vere kaum seinen Flamberg hält,
Die Hiebe Berkley's fallen flach,
Das Hifthorn Pembroke's tönt nur schwach
Die muntern Melodei'n.
Dir, Argentine, die Stimme sinkt,
Selbst Percy's Schlachtruf matt verklingt:
„Drauf, lust'ge Mannen mein!“

XXVIII.

Mit kund'gem Lootsenblick erspäht
Bruce, daß der Sturm schon matter weht.
„Noch einen Schlag und frei sind wir!
O Ronald, mein Vertraun zu dir
Ist fest wie Ailsa's Stein.
Mit Tartsch und Claymore drauf und dran!
Ich führe Carricks Lanzen an.[51]
Jetzt vorwärts und hinein!“
Jach fliegen vor der Speere Reihn,
Das Breitschwert flammt wie Sonnenschein;
Und durch des Pibrochs schrillen Sang
Des König Roberts Ruf erklang:
„Drauf Carrick, drauf! Sie weichen schon!
Drauf Innisgailes mannhafter Sohn!
Der Feind weicht, weicht mit Macht!
Schlagt zu für Ältern, Kind und Weib,
Für Freiheit, Vaterland und Leib!
Zu End' ist gleich die Schlacht!“

XXIX.

Der ungestüme Angriff schnellt
Den Feind dreihundert Schritt ins Feld,
Im Blute zuckt manch tapfrer Held.
De Argentine allein
Hält hoch sein roth bekreuztes Schild,
Sammelt die Flücht'gen im Gefild
Und ordnet einmal noch die wild
Gelösten Schlachtenreihn.
Noch einmal hat mit aller Macht
Er die erloschne Gluth entfacht.
Schön Edith hört die Feinde schrein,
Sieht sie aufs neu zum Kampf sich reihn,
Hört der Trompeten wilden Klang,
Halb Klaglied, halb Triumphgesang.
Um ihre Blicke wird es Nacht,
Sie glaubt, die neu vereinte Macht
Umringt Lord Ronalds Heer:
„O Himmel, sie erneun die Schlacht;
Ist keine Rettung mehr?
Und ihr, ihr schaut so zahm darein,
Hört nicht der Heimath Todesschrei'n;
Sind eure Herzen denn von Stein?"

XXX.

Die Menge, die der Schlacht entrückt
In das Gewühl von Ferne blickt,
Schaut nicht gleichgültig das Gefecht:
Den Kampf des Bruce für Schottlands Recht.

Ein jedes Herz durchzuckt es heiß.
Knecht und Leibeigner, Knab' und Greis,
Schreiber und Pfaff, selbst Weiber eilen
Nach Schwertern greifend und nach Beilen.
Als nun der stumme Amadine
Die Losung gab, zum Kampf zu ziehn,
　　Flammt Wuth durch jedes Mark.
„Hört ihr das Wunderzeichen nicht?
Der Stumme lehrt uns unsre Pflicht.
Er, der aus seinem Munde spricht,
　　Macht auch den Schwachen stark.
Gleich unsern Herren haben wir
Den Himmel dort, die Heimath hier!
Nicht ihre blos, auch unsre Sache
Ist Schottlands Leid und Schottlands Rache.
Auch unsre Brust wie ihre loht,
Gilt es um Freiheit oder Tod.
Hier ist nicht Zeit mehr, träg zu gaffen.
Auf zu den Waffen! Zu den Waffen!"
Und Schwert und Beil und Kolbe klirrt,
Manch selbstgemachtes Banner schwirrt;[52]
Und wie ein rechter Heereszug
Stürmt's auf den matten Feind im Flug.

XXXI.

Durch's weite Feld zersplittert schon
Hielt nicht Befehl sie mehr noch Drohn,
Der Nachtrab war zum Theil geflohn,
　　Theils hielt er schwach nur Stand.
Doch als nun gar ein frischer Feind
Voll Muth und wohl geführt erscheint,
　　Reißt jeder Ordnung Band.

Edward thut fürstlich seine Pflicht;
Der König weicht den Speeren nicht,
Tritt mitten ins Gefecht,
Schreit laut in die verzagte Schaar:
„Vorwärts!“ droht, weint, zerrauft sein Haar
Und flucht dem feigen Knecht,
Bis Pembroke mit Gewalt sein Pferd
Am Zaum aus dem Getümmel kehrt.
Auch ritt mit ihm de Argentine;
Doch auf dem Berg verließ er ihn
Und sprach mit ernstem Blick:
„In jenem Feld ließ ich ein Pfand,
Verdorren müsse meine Hand,
Fordr' ich es nicht zurück.
Eilt, gnäd'ger Herr; der Douglas macht,
Der grimme Waidmann, auf Euch Jagd;
Sein Banner kenn' ich wohl.
Mag Gott Euch Heil und Segen spenden
Und manche beſſ're Schlacht noch senden.
Nochmals, mein Fürst, lebt wohl!“

XXXII.

Er kehrt zurück ins blut'ge Feld.
Wild fliehn sie; wer nicht flieht, der fällt.
Er senkt den Speer, sprengt durch den Plan.
„Mein Ziel ist nah; hier schließt die Bahn!
Ein tapfrer Lauf, dann ist's gethan,
Dann kann ich heimwärts ziehn.“
Hoch in den Bügeln steht der Held,
Sein Schlachtruf donnert durch das Feld:
„St. James für Argentine!“

Vier Ritter wirft mit starker Hand
Er aus dem Sattel in den Sand,
Nicht ungerächt; ein Speerstich fand
Den Weg durch seinen Panzerrand,
Auch ward sein Helm zerknickt.
Und doch, als wild das Schwert geschwenkt
Lord Colonsay das Feld durchsprengt,
Hat er den Speer gezückt,
Und durch den Tartan, blutgetränkt,
Ihm in die Brust gedrückt.
Der, an den Grund genagelt, rang
Sich um den Spieß empor und schwang
Rund um sich den Claymore,
Beinschiene, Bügel, Panzer brach
Von dem gewalt'gen Schwertesschlag,
Das Blut schoß wild hervor.
Der grimme Lord, der unten lag,
Hob nochmals sich empor
Und lachte krampfhaft, wie sein Streich
Die Todesrechnung machte gleich.

XXXIII.

Bruce war nach der entschiednen Schlacht
Den Sieg zu nutzen ernst bedacht.
Lanzknecht' und Reisige vereint
Bedrängten den zerstreuten Feind
Und hemmten sein Zusammenziehn;
Da horch! erhebt de Argentine
Von fern sein Schlachtgeschrei.

Der Fürst rief: „Schonet, schont sein Blut!
Er ist so edel, brav und gut!“
Rasch theilt sich der Geschwader Flut
　　Und läßt den Weg ihm frei.
Den rothbekreuzten Schild gesenkt,
Helm, Harnisch, Schienen blutgetränkt,
Sucht er doch vor des Königs Blicken
Den Speer zum Kampf zurecht zu rücken.
　　Umsonst müht sich der Held.
Der Sporn rafft nicht das Streitroß auf,
Es strauchelt mitten in dem Lauf
　　Wund und erschöpft im Feld.
Bruce reicht zuerst ihm seine Hand,
Erhebt ihn, löst des Helmes Band.
　　„Herr Graf, dein ist der Tag;
Des Königs Dienst und Mißgeschick
Hielt gar zu lange mich zurück;
　　Doch diese Gunst noch mag
Erflehn ein alter Kamerad:
Ein Grab als Christ und als Soldat.“

XXXIV.

Bruce drückt die Hand ihm — freundlich ward
Der Druck erwiedert; plötzlich starrt
　　Sie kalt im Todeskrampf —
„O lebe wohl, du Held voll Ruhms,
Du Blum' und Preis des Ritterthums,
　　Du Arm, so kühn im Kampf,
Freundlicher Blick, adlig Geblüt,
Männliches Antlitz, rein Gemüth!

Laßt Ninian's Dom von Lichtern fachen,
Den edeln Leichnam zu bewachen.
Für keinen bessern Ritter klang
Bei Fackelschein der Meßgesang."

XXXV.

Und nicht für Argentine allein
Flammt Ninian's Dom von Fackelschein
Und dröhnt von Grabeslitanei'n.
Es zuckt der gelb' und bleiche Schimmer
Um blutbefleckte Panzertrümmer;
Zerbrochne Helmzimier und Kronen
Von Jännern, Grafen und Baronen.
Was Englands bestem Kern entstammt,
Hat Theil an diesem Traueramt.
    Doch sei dir's keine Scham,
Wenn auch dein Leopardenschild
Nie wich von trüberm Schlachtgefild,
    Seit Normann Wilhelm kam.
Wohl kann dir deine Chronik sagen,
Wie oft du Schottland hart geschlagen;
    Gönn' ihm des Sieges Zier,
Der ihm sein gutes Recht gewann,
Das theuer jedem freien Mann,
    Doch Keinem mehr als dir.

XXXVI.

Und nun zum Bruce, den sehr erbaut,
Was jetzt Fitz-Louis ihm vertraut;
Denn hundert Stimmen um ihn her
Bestätigen die Wundermähr:
    „Der stumme Page sprach!"

„Page!“ rief Louis, „Sagt vielmehr,
Ein Engel kam vom Himmel her,
Der unser Joch zerbrach.
Feder und Mütze flog ihm ab,
Als er vom Bergjoch stürmt' herab.
Aus holden Brau'n durch schwarzes Haar
Blitzten die Augen doppelt klar;
So leicht flog überm Grün sein Schritt,
Als ob auf Fittigen er glitt.“
„Sprach er nicht sonst?“
„Nein, nur ein Wort
Entfuhr ihm als den Insellord,
Er heimwärts sah vom Schlachtfeld ziehn.“
„Was that der Lord?“
„Auf seinen Knien
Lag er, den Blick abwärts gewandt
Und murmelnd, was kein Mensch verstand.
Sein Gruß aus Furcht und Lust gepaart
Galt einem Wesen höhrer Art.“

XXXVII.

Auf Bannocks Plan, dem blutbefleckten,
Den tausend Leichen noch bedeckten,
Wo der Monarch ernst dem Geschick
Nachsann, lacht heiter doch sein Blick:
„Ganz eines Engels also war
Antlitz und Stirn' und Lockenhaar?
Und Ronald kniete? In der That? —
Da schafft allein die Kirche Rath.
Zum Abt geht, eh die Wunderkunde
Im Land noch weiter macht die Runde.

Nach Cambus-Kenneth eil' er fort;
Die Kirche schmück' er festlich dort
Zu eines Dank-Hochamtes Feier
Für unsern himmlischen Befreier.
Auch für ein fürstlich Brautgeleit
Halt' er geziemend sich bereit.
Wir, die durch Zufall unerhört
Dieselbe Trauung einst gestört,
Woll'n uns zu morgen selbst in Gnaden
Bei Fräulein Lorn zur Hochzeit laden."[53]

Schluß.[8]

Geh denn, mein Lied, hinaus den kühnen Gang,
Geh, schilt mich nicht, entsandt' ich in die Welt
Ohn' einen Schützer den bescheidnen Sang,
Ward dir kein Freundesname zugesellt,
Deß Liebe dir den Pfad zum Ruhm erhellt.
Es war — Ach! wie viel Schmerzen schließt nicht ein
Dies kurze Wort! — mir war ein Schutz bestellt
Von edler Freundschaft — —; das Geschick sprach Nein.
Sonst wärst der stolzeste du in der Stolzen Reihn.

Ganz Engel nun — und doch kaum wen'ger rein,
Da sie noch pilgerte durchs Erdenthal.
Was frommt's ein Denkmal der Geduld zu weihn,
Die schweigend litt, zu lindern fremde Qual?
Was frommt's, zu sagen, daß der Tugend Strahl
Nur holder noch so schöne Form durchbebt?
Und Wen auf Erden kümmert es zumal,
Daß dieser Kranz, einst für Dein Haar gewebt,
Welk und verwitternd jetzt um Deine Bahre schwebt?

Anmerkungen

zum

Herrn der Inseln.

Anm. 1. zu Ges. 1. St. 1.

Die Trümmer des Schlosses Artornish liegen auf einem Vorgebirge Morven's, der Festlandseite des Sundes von Mull — wie der tiefe Meeresarm genannt wird, welcher die Insel vom Continent trennt. Die Lage ist im höchsten Grade wild und romantisch; an der einen Seite eine hohe und abschüssige Klippenkette, welche über das Meer hängt, auf der andern der enge Eingang in den schönen Salzwassersee, Loch Alline genannt, der an manchen Stellen reizend mit Gebüsch umsäumt ist. Die Ruinen von Artornish sind nicht mehr sehr ansehnlich und bestehen nur aus den Trümmern eines alten Bergfrieds oder Thurmes mit Bruchstücken eines äußern Walles. In früheren Tagen war es ein Platz von großer Bedeutung als eine der Hauptvesten, welche die Herrn der Inseln während der Zeit ihrer wilden Unabhängigkeit auf dem Festland von Argyleshire besaßen.

Es liegt beinahe der Bay von Aros auf der Insel Mull gegenüber, wo noch ein anderes Schloß war, die gelegentliche Residenz der Herren der Inseln.

Anm. 2. zu I, 2.

Der Seehund zeigt einen Geschmack für Musik, den man kaum von seinen Gewohnheiten und localen Neigungen erwarten sollte. Sie folgen lange einem Boot, in welchem irgend ein musikalisches Instrument gespielt wird, und selbst eine einfach gepfiffene Melodie hat für sie eine Anziehungskraft. Der Dechant der Inseln sagt von Heiskar, einem kleinen unbewohnten Felsen, etwa zwölf (schottische) Meilen von der Insel Uist entfernt, daß dort Seehunde in unendlicher Menge getödtet werden.

Anm. 3. zu I, 7.

Der Sund von Mull, welcher die Insel vom Continent Schottlands trennt, bietet eine der ergreifendsten Scenen auf den Hebriden dar. Indem der Reisende von Oban nach Aros oder Tobermory durch einen engen Canal segelt, der jedoch tief genug ist, um Schiffe von der bedeutendsten Lastenzahl zu tragen, hat er zur Linken die kühnen Bergküsten von Mull; zur Rechten die von Morven oder Morvern (eines Districts von Argyleshire), die hin und wieder durch tiefe Salzwasser-Lochs eingezackt sind, welche viele Meilen in das Land sich erstrecken. In Südosten erhebt sich eine ungeheure Bergkette, über welche der Cruachan-Ben hervorragt. Nach Nordosten erstreckt sich der nicht weniger gewaltige und malerische Zug der Ardnamurchan-Höhen. Manche Schloßruinen, gemeinlich auf Klippen gelegen und über den Ocean herabhängend, erhöhen das Interesse der Landschaft.

Anm. 4. zu I, 8.

Somerled war Than von Argyle und Herr der Inseln um die Mitte des zwölften Jahrhunderts. Er scheint in beiden Eigenschaften seine Macht unabhängig von der Krone Schottland geübt zu haben, gegen die er oft in Feindschaft stand. Er machte verschiedene Angriffe gegen die westlichen Lowlands unter der Herrschaft Malcolm IV., und scheint mit ihm in der Stellung eines unabhängigen Fürsten um das Jahr 1157 Frieden geschlossen zu haben. Im Jahre 1164 begann er von neuem den Krieg gegen Malcolm und drang in Schottland mit einem großen aber wahrscheinlich ungeordneten Heere ein, das er auf den Inseln, auf dem Festland von Argyleshire und in den benachbarten Provinzen Irlands zusammen gebracht hatte. Er ward in einem Gefechte mit einer viel geringern Streitkraft in der Nähe Renfrews geschlagen und fand dabei seinen Tod.

(Die nordwestlichen, lediglich von Celten bewohnten Landschaften Schottlands, einschließlich des hebridischen Archipels, bildeten unter dem Namen Dalrieda bis 573 eine Dependenz von Irland. Der Irische Mönch St. Columba gründete auf der Insel Hye (Dun-Y, Jona, St. Columba) die erste christliche Cultusstätte und ein Kloster nach der Regel der Culdeer. Jona ward dadurch nicht nur Ausgangspunkt für die Civilisation dieser Gegend, sondern auch eine Zeitlang politischer Mittelpunkt derselben. Um das genannte Jahr trennten sich jene Landschaften auf friedliche Weise von ihrem Mutterlande unter Ardan von Columba als eignes Reich. Im neunten und zehnten Jahrhundert wurden sie von nordischen Vikingern vielfach heimgesucht, geplündert und vorübergehend besetzt. Nachdem St. Columba im Jahre 985 gründlich zerstört und die Mönche nach Irland geflüchtet waren, wurden die Hebriden dem norwegischen Königreich Man einverleibt, unter dessen katholische Diöcese auch das erneuerte Kloster St. Columba trat. Die Gaelen in der Provinz Moray hielten sich sowohl den Dänen als den Schotten gegenüber frei, bis ihr

Häuptling im Jahre 1130 von König David I. besiegt und erschlagen ward. Um die Mitte desselben Jahrhunderts erschlaffte die Macht der Norweger und die Hebriden erstarkten zu einem unabhängigen celtischen Reich unter der heimischen Dynastie der „Herren der Inseln", die von Somerled gegründet ward. Letzterer hatte durch eine Heirath mit der Tochter Olafs des Rothen die Inseln südlich von Ardnamurchan für seinen ältesten Sohn Dougall gewonnen. Dieser war der Ahnherr des mächtigen Hauses Lorn. S. North-Brit. Review. Aug. 1863. Art. VI, p. 78 ff. — Anm. d. Uebers.)

Anm. 5. zu I, 8.

Der Stammhalter dieses unabhängigen Fürstenthums (denn ein solches scheint es gewesen zu sein, obwohl es gelegentlich den Vorrang der schottischen Krone anerkannte) war in der Periode unsres Gedichtes Angus, genannt Angus Og; der Name ist, euphoniae gratia, mit dem von Ronald vertauscht. Angus war ein Beschützer von Robert Bruce, den er während der Zeit seiner größten Noth in seinem Schloß Dunnaverty aufnahm.

Anm. 6. zu I, 11.

Das Haus von Lorn stammte gleich dem Herrn der Inseln von einem Sohn jenes Somerleds ab, der zu Renfrew im Jahre 1164 erschlagen ward. Dieser Sohn erhielt die Nachfolge in seinen festländischen Besitzungen, welche den größten Theil der drei Districte von Lorn in Argyleshire umfaßten und welche (?) natürlich vielmehr als kleine Fürsten denn als feudale Barone betrachtet werden dürften. Sie nahmen die patronymische Benennung Mac-Dougal an, durch welche sie in der Geschichte des Mittelalters ausgezeichnet sind.

Anm. 7. zu I, 21.

Das Phänomen, welches der Seemann Meerleuchten nennt, ist eins der schönsten, welches man auf den Hebriden sehen kann. Zu Zeiten erscheint der Ocean vollständig um das Schiff herum illuminirt und ein langer Zug leckender und zuckender Flammen bricht sich an den Seiten des Fahrzeuges oder folgt seinem Kielwasser in der Finsterniß.

Anm. 8. zu II, 3.

Sir Egidius oder Giles de Argentine war einer der vollendetsten Ritter jener Periode. Er hatte in den Kriegen Heinrichs von Luxemburg mit so hohem Ruhme gedient, daß er nach der Volksmeinung der dritte Held seines

Zeitalters war. Diejenigen, denen der Ruf einen Vorzug vor ihm zugestand, waren Heinrich von Luxemburg selbst und Robert Bruce. Argentine hatte in Palästina gekämpft, dreimal eine Begegnung mit den Saracenen gehabt und zwei Feinde in jedem Gefecht erschlagen: ein leichtes Stück, wie er sagte, für einen christlichen Ritter, zwei heidnische Hunde zu tödten.

Anm. 9. zu II, 4.

Ein hebridisches Trinkgefäß von ältester und merkwürdigster Arbeit ist lange in dem Schloß Dunvegan auf Skye bewahrt worden, dem romantischen Sitz des Mac-Leod von Macleod, dem Häuptling dieses alten und mächtigen Clans. Das Horn von Rorie More, in derselben Familie aufbewahrt und von Dr. Johnson beschrieben, ist nicht mit dieser Anticaglie zu vergleichen, die eine der größten Merkwürdigkeiten in Schottland ist.

Anm. 10. zu II, 9.

Alle, welche die schottische Geschichte kennen, werden sich erinnern, daß Robert Bruce, nachdem er Comyn zu Dumfries erschlagen und für sich das Recht auf die schottische Krone in Anspruch genommen hatte, durch die Engländer und ihre Anhänger in die äußerste Bedrängniß gebracht war. Er war allerdings zu Scone unter Zustimmung der schottischen Barone gekrönt, aber sein Ansehn dauerte nur kurze Zeit. Seine Frau soll gesagt haben, er sei in diesem Jahre „ein Sommer-, aber kein Winterkönig" gewesen.

Anm. 11. zu II, 11.

Es ist in den vorhergehenden Anmerkungen im Allgemeinen angeführt, daß Bruce nach seiner Niederlage bei Methven hart von den Engländern bedrängt wurde. Er versuchte mit dem entmuthigten Rest seiner Anhänger von Bread-Albane und den Gebirgen Pertshires in die Hochlande Argyleshires zu entschlüpfen. Er fand aber Widerstand durch den Lord von Lorn, der ihn nach einem sehr heftigen Gefecht zurückschlug. Bruce's persönliche Kraft und Tapferkeit wurde nie in größerem Glanz entfaltet als in diesem Treffen. Es ist eine Sage in der Familie der Mac-Dougals von Lorn, daß ihr Häuptling sich in einen persönlichen Kampf mit Bruce einließ, während der letztere den Rückzug seiner Schaar deckte, daß Mac-Dougal vom König zu Boden geschlagen wurde, dessen körperliche Kraft seiner Geistesgegenwart gleich war — und daß er auf der Stelle erschlagen sein würde, hätten nicht zwei von Lorn's Vasallen, Vater und Sohn, welche die Sage Mac-Keoch nennt, ihn erlöst, indem sie den Mantel des Monarchen ergriffen, und ihn von seinem Gegner wegrissen. Bruce befreite sich von diesen Feinden durch zwei Hiebe mit seiner furchtbaren Streitaxt, ward aber von den übrigen Anhängern Lorn's so hart bedrängt, daß er genöthigt war seinen Mantel und die daran befestigte Spange im Stiche zu lassen, welche die sterbende Faust eines der Mac-Keochs krampfhaft fest hielt. Eine mit Edelsteinen besetzte Spange, welche die von Robert Bruce bei jener Gelegenheit getragene sein soll, ward lange in der Familie der Mac-Dougal bewahrt und ging in einem Feuer verloren, welches den zeitigen Aufenthaltsort derselben verzehrte.

Anm. 12. zu I, 27. u. II, 13.

Jeder Leser muß sich erinnern, daß die nächste Veranlassung zu dem Anspruch, den Bruce auf die Krone Schottlands erhob, der Tod Johns war, mit dem Beinamen „der Rothe Comyn". Die Gründe zu dieser Gewaltthat, gleich außerordentlich durch den hohen Rang des Angreifenden und des Unterliegenden und durch die Stelle, wo der Mord vollbracht wurde, werden von den schottischen und englischen Geschichtsschreibern verschieden angegeben und können jetzt nicht mehr sicher ermittelt werden. Die Thatsache, daß sie an dem Hochaltar der Minoriten oder der Grauenklosterkirche zu Dumfries aufeinander trafen, und daß ihr Streit in heftigen und beleidigenden Worten ausbrach, so wie, daß Bruce den Dolch zog und Comyn erstach, ist ausgemacht. Bruce stürzte darauf zur Kirchenthür und traf auf zwei mächtige Barone, Kirkpatrick von Closeburn und James von Lindsay, welche ihn eifrig fragten, was es gäbe. „Schlechte Neuigkeiten," antwortete Bruce, „ich glaube, ich habe Comyn erschlagen". — „Du glaubst?" sagte Kirkpatrick: „Ich mache es sicher" (I make sicker). Mit diesen Worten stürzte er mit Lindsay in die Kirche, und sie tödteten den verwundeten Comyn vollends. Die Kirkpatricks von Closeburn nahmen zum Gedächtniß an diese That eine Hand mit einem Dolch in ihr Wappen auf, mit der denkwürdigen Devise: „I make sicker".

Anm. 13. zu II, 13.

Diese Ritter werden von Barbour unter der kleinen Zahl von Bruce's Anhängern genannt, welche nach der Schlacht von Methven mit ihm unter Waffen blieben.

Anm. 14. zu II, 25.

Es war vor Alters in den Hochlanden Sitte, die Braut in das Haus des Bräutigams zu führen; ja zuweilen ward die Gefälligkeit so weit getrieben, daß sie daselbst zur Probe ein Jahr lang blieb und der Bräutigam konnte selbst nach dieser Periode des Zusammenlebens die Erfüllung seines Eheversprechens verweigern. Man sagt, daß eine verzweifelte Fehde zwischen den Clans Mac-Donald von Sleate und Mac-Leod entstand, da sich der erstere Häuptling dieses Rechtes bedient hatte, eine Schwester oder Tochter des letzteren nach Dunvegan zurückzuschicken. Mac-Leod, wüthend über die Beleidigung, sagte, daß, da es kein Freudenfeuer zur Hochzeit gegeben hätte, eines zur Feier der Scheidung angezündet werden sollte. Demgemäß verbrannte und verheerte er das Territorium Mac-Donalds, der Gleiches mit Gleichem vergalt, so daß sich daraus eine tödtliche Fehde mit allem Zubehör in bester Form entspann.

Anm. 15. zu II, 26.

Es herrschen eigenthümliche Zweifel über die Art, wie Wallace gefangen genommen wurde. Daß er den Engländern verrathen wurde, ist gewiß und der Volksmund brandmarkt Sir John Menteith mit dieser unauslöschlichen Schmach. „Verflucht“, sagt Arnold Blair, „sei der Tag der Geburt Johns de Menteith und möge sein Name aus dem Buch des Lebens ausgestrichen sein“. Aber John de Menteith war in der ganzen Zeit ein eifriger Förderer des englischen Interesses und Gouverneur des Schlosses Dumbarton durch Edwards I. Anstellung. Deshalb, wie der genaue Lord Hailes bemerkt hat, konnte er nicht Wallace's Freund und Vertrauter sein, wozu ihn die Tradition macht. Die Wahrheit scheint, daß Menteith, der ganz dem englischen Interesse ergeben war, Wallace hart verfolgte und ihn durch den Verrath eines Begleiters in seine Gewalt bekam, den Peter Langtoft Jack Short nennt.

Die Niederträchtigkeit der Ergreifung Wallace's muß daher zwischen einem entarteten schottischen Baron, dem Vasallen Englands und einem Diener des Hauses, dem dunkeln Vollstrecker des Verraths getheilt werden, zwischen Sir John Menteith, dem Sohn Walters, Grafen von Menteith und dem Verräther Jack Short.

Anm. 16. zu II, 26.

John von Strathbogie, Graf von Athole, hatte versucht aus dem Königreich zu entkommen, aber ein Sturm warf ihn an die Küste, er ward gefangen genommen, nach London gesandt und in höchst barbarischer Weise hingerichtet, indem er zuerst strangulirt, dann noch lebendig vom Galgen herabgelassen, barbarisch zerstückelt und schließlich verbrannt wurde. Matthew von Westminster erzählt, daß König Edward, schon todtkrank, mit großer Genugthuung die Neuigkeit vernahm, daß sein Verwandter gefangen sei — „Quo audito Rex

Angliae, etsi gravissimo morbo tunc langueret, levius tamen tulit dolorem". Auf diesen eigenthümlichen Ausdruck spielt der Text an.

Anm. 17. zu II, 29.

Bruce zeigte beständig, und wahrscheinlich mit aufrichtigem Gefühl, Reue darüber, daß er das Heiligthum der Kirche durch den Mord Comyn's entweiht hatte; und endlich bat er in seinen letzten Stunden, um seinen Glauben, seine Reue und seinen Eifer zu bezeugen, James Lord Douglas, sein Herz nach Jerusalem zu tragen, um es im Heiligen Grabe niederzulegen.

Anm. 18. zu II, 31.

Sobald als die Nachricht von Comyn's Ermordung Rom erreichte, wurden Bruce und seine Anhänger excommunicirt. Der Bannfluch wurde zuerst durch den Erzbischof von York verkündigt und zu verschiedenen Zeiten erneuert, namentlich durch Lambyrton, Bischof von St. Andrews, im Jahre 1308; aber er scheint nicht dem Zweck entsprochen zu haben, welchen der englische Monarch dabei im Auge hatte. Wirklich fuhren aus Gründen, die schwer zu ermitteln sein dürften, die Bannstrahlen Roms auf die schottischen Gebirge mit weniger Erfolg hinab als auf fruchtbarere Gegenden. Vielleicht mag die verhältnißmäßige Armuth der Pfründen Anlaß gewesen sein, daß weniger fremde Geistliche sich in Schottland niederließen; und die Interessen des einheimischen Clerus waren mit dem des Landes eng verknüpft. Manche der schottischen Prälaten, der Primas Lambyrton an der Spitze, erklärten sich für Bruce, während er noch im Kirchenbann war, obwohl derselbe später seine Parteistellung wechselte.

Anm. a. zu II, 31.

S. III. B. Moses, 23 u. 24.

Anm. 19. zu II, 32.

Dies ist nicht metaphorisch. In Wahrheit, das Echo Schottlands
— erklang
Von des Bluthunds Gebell, der der Spur nachsprang
Des flüchtigen Königs.

Eine höchst seltsame und romantische Erzählung wird in dieser Beziehung von Barbour mitgetheilt, die in der Kürze so lautet:

Als Bruce im Frühjahr 1306 wieder Fuß in Schottland faßte, war er fortwährend in einer sehr schwachen und zweifelhaften Lage, indem er zwar gelegentliche Vortheile gewann, aber zum Fliehen genöthigt war, wenn sich seine Feinde in überlegner Menge sammelten. Bei einer Gelegenheit, als er mit einer kleinen Schaar in den Wildnissen von Cumnock in Ayrshire lag, kam Aymer von Valence, Graf von Pembroke, mit seinem Todfeind John von Lorn, plötzlich mit achthundert Hochländern und einem großen Haufen Reisiger über ihn. Sie brachten einen Spür- oder Bluthund mit sich, welcher nach einigen Berichten einst ein Lieblingshund Bruce's selbst gewesen war und von dem man daher am wenigsten denken konnte, daß er seine Spur verlieren würde.

Bruce, dessen Macht weniger als vierhundert Mann zählte, hielt so lange gegen die Reiterei Stand, bis Lorn's Mannen ihm beinahe den Rückzug abgeschnitten hatten. Als er die Gefahr seiner Lage bemerkte, handelte er wie der berühmte und übelbelobte Mina unter ähnlichen Umständen gethan haben soll. Er theilte seine Schaar in drei Haufen, bestimmte einen Platz zum Stelldichein und gebot ihnen sich auf verschiedenen Wegen zurückzuziehn. Aber als John von Lorn an der Stelle eintraf, wo sie sich getrennt hatten, ließ er den Hund die Spur suchen und dieser führte ihn sofort zur Verfolgung desjenigen Haufens, der unter Bruce stand. Diesen verfolgte daher Lorn mit seiner ganzen Macht, indem er den übrigen keine Aufmerksamkeit schenkte. Der König theilte wiederum seine kleine Schaar in drei Theile, mit demselben Erfolg, da die Nachsetzenden sich wieder an denjenigen hielten, den er in Person anführte. Dann hieß er seine Anhänger sich zerstreuen und behielt nur seinen Milchbruder bei sich. Der Hund verfolgte die Spur, vernachlässigte die andern, und führte seine Wärter hinter dem König her. Lorn war schon überzeugt, daß der Feind bald in seiner Gewalt sein werde und sandte fünf seiner thätigsten Begleiter ab, um ihn zu verfolgen und ihm die Flucht abzuschneiden. „Welche Hülfe willst du mir leisten?" fragte Bruce seinen einzigen Begleiter, als er die fünf Männer immer näher kommen sah. „So viel ich kann", erwiederte sein Milchbruder. „Dann", sagte Bruce, „bleib' ich hier stehen". Der König nahm die drei ersten auf sich, indem er die andern zwei seinem Milchbruder überließ. Er erschlug den ersten, der ihm nahe kam; aber da er seinen Milchbruder hart bedrängt sah, sprang er zu seinem Beistand heran und streckte einen seiner Bedränger nieder. Indem er ihn dann seine Sache mit dem Ueberlebenden ausmachen ließ, kehrte er zu den andern Beiden zurück, die er eher tödtete als sein Milchbruder seinen einzigen Gegner niedergemacht hatte. Als dieser harte Strauß vorbei war, dankte er mit einer Höflichkeit, die in dem ganzen Werke den Charakter Bruce's bezeichnet, seinem Milchbruder für die geleistete Hülfe. „Es gefällt Euch also zu sagen", antwortete sein Gefährte, „aber Ihr selbst erschlugt vier von den fünfen". „Gewiß", sagt der König, „aber lediglich weil mir die Gelegenheit günstiger war. Sie fürchteten sich nicht vor mir, als sie mich Dreien entgegen treten sahen, so hatte ich einen Augenblick Zeit Dir beizuspringen und ebenso unerwartet auf meine eignen Gegner mich zurückzuwenden".

In der Zwischenzeit näherte sich Lorn's Schaar eiligst und der König zog sich mit seinem Milchbruder in einen benachbarten Wald zurück. Hier saßen sie nieder, denn Bruce war durch die Anstrengung erschöpft, bis das Gebell des Bluthundes so nahe kam, daß sein Milchbruder Bruce bat, für seine Sicherheit durch einen weitern Rückzug zu sorgen. „Ich habe gehört", antwortete der König, „daß, wenn Jemand einen Bogenschuß weit ein fließendes Wasser hinabgeht, der Bluthund seine Spur verliert. Laß uns den Versuch machen; denn wäre der verteufelte Hund zur Ruhe gebracht, so würde ich mich wenig um die Uebrigen kümmern."

Lorn rückte inzwischen vor und fand die Leichen seiner erschlagnen Vasallen; er betrauerte sie, und schwor tödtliche Rache. Dann folgte er dem Hund zum Ufer des Baches, welchen der König eine große Strecke hinabgewatet war. Hier wußte sich der Hund nicht zu helfen und John von Lorn, nachdem er lange vergeblich Bruce's Spur wieder zu gewinnen versucht hatte, ließ von der Verfolgung ab.

„Andre", sagt Barbour, „versichern, daß bei dieser Gelegenheit das Leben des Königs durch einen ausgezeichneten Schützen gerettet wurde, der ihn begleitete und der, als er wahrnahm, daß sie schließlich mittelst des Bluthundes gefangen werden würden, sich in einem Dickicht versteckte und ihn mit einem Pfeil erlegte. „Auf welche Art", fügt der Reimchronist hinzu, „diese Flucht ausgeführt wurde, ist mir unbekannt; aber gewiß ist, daß an diesem Bach der König seinen Verfolgern entkam."

Anm. 20. zu III, 6.

Ich bin der gewöhnlichen und ungenauen Ueberlieferung gefolgt, daß Bruce gegen Wallace und das Schottenheer in der verhängnißvollen Schlacht bei Falkirk focht. Die Erzählung, welche keine bessere Autorität für sich zu haben scheint als die des „blinden Harry" (schottischen Reimchronisten vom Ende des 15. Jahrhunderts), berichtet, daß, nachdem er (Bruce) während des Kampfes Viele niedergemacht hatte, er sich mit den Siegern zum Mittagsmahl niedersetzte, ohne die grausigen Spuren von seinen Händen zu waschen:

Es hungert' ihn; zu essen war ihm noth,
Es war von Blut ihm Kleid und Rüstung roth;
Das Südvolk spottet sein mit rohem Muth:
„Seht da! Der Schotte speist sein eigen Blut!"

Das schmerzt' ihn tief; denn wohl war ihm bekannt,
Sein eigen sollte sein dies Blut und Land.
Noch lange zwar blieb er in ihrem Heer;
Doch gegen Schotten kämpft' er nimmer mehr.

Die Erzählung der meisten Geschichtsschreiber von Bruce's und Wallace's Gespräch an den Ufern des Carron, ist gleichfalls apokryph. Es ist vollständig bezeugt, daß Bruce in jener Zeit nicht auf der englischen Seite stand, daß er mit John Comyn im Namen Balliols Statthalter von Schottland und Gegner der Engländer war.

Anm. b. zu III, 11.

(„Das beschwingte Skye" — von Seevögeln wimmelnd; der kühne Gebrauch des Adjectivums ist im Englischen nicht so auffallend wie im Deutschen, da es dort den Vorgang Miltons für sich hat. Anm. d. Uebers.)

Anm. 21. zu III, 11.

Die außerordentliche Scenerie, welche ich hier zu schildern versucht habe, ist, wie ich denke, ohne Gleichen in irgend einem andern Theile Schottlands, wenigstens in irgend einem Theile, den ich besucht habe. Sie begränzt das Land des Lairds von Mac-Leod, das in dieser Gegend an die Besitzung des Herrn Mac-Allister von Strath-Aird stößt, Strathnardill genannt von dem Dechanten der Inseln.

Anm. c. zu III, 24.

(„Wir schworen nie an fremden Tischen durch Trank und Speis' uns zu erfrischen". Der Uebersetzer war hier genöthigt den Text in etwas zu ändern. Scott läßt die Ritter ohne Beschränkung sagen, sie hätten geschworen, zu „fasten und zu wachen", in directem Gegensatz zu dem weiter unten folgenden Vers: „Zu fasten zwingt uns keine Pflicht".)

Anm. 22. zu III, 24.

Die Einbildungskraft kann kaum etwas Schöneres ersinnen als die wunderbare Grotte, die vor wenigen Jahren auf dem Grundbesitz des Herrn Alexander Mac-Allister von Strathaird entdeckt wurde. Sie ist seitdem oft und verdientermaßen gefeiert und eine vollständige Darstellung ihrer Schönheiten ist durch Dr. Mac-Leay von Oban veröffentlicht. Den allgemeinen Ausdruck kann man aus dem nachstehenden Auszug aus einem Journal gewinnen, welcher unter den Gefühlen des Augenblicks geschrieben, vielleicht genauer sein mag, als irgend ein Versuch sich die damals gewonnenen Eindrücke zu vergegenwärtigen: —

Der Eingang in diese berühmte Höhle bietet anfangs einen rohen und wenig versprechenden Anblick. Aber das Licht der Fackeln, mit denen wir versehen waren, wärd bald von dem Dach, dem Fußboden und den Wänden zurück gestrahlt, welche wie mit Marmor belegt erschienen, theilweis rauh von matter Ciselirung und Rustik-Zierrathen, theilweise zu Bildhauerarbeiten ausgeführt. Der Fußboden bildet einen steilen und schwierigen Aufgang und könnte mit einiger Phantasie einer Wasserfläche verglichen werden, welche, indem sie weiß schäumend eine geneigte Ebene hinabstürzte, plötzlich durch einen Zauberspruch angehalten und befestigt wäre. Wenn man den Gipfel dieser Erhöhung erreicht, öffnet sich die Höhle in eine glänzende Gallerie, mit den blendendsten Krystallisationen geschmückt und senkt sich endlich rasch zu dem Rande eines überaus klaren etwa vier bis fünf Ellen breiten Teiches hinab. Jenseits dieses Teiches eröffnet sich ein Bogenportal durch zwei Säulen von weißem Spath gebildet, mit schön durchbrochnem Gestein an den Seiten, welches eine Fortsetzung der Höhle verspricht. Einer unsrer Matrosen schwamm hindurch (denn man kann nicht anders hinüberkommen) und berichtete uns (wie wir es theilweise bei dem Schein unsrer Lichter bemerkten), daß der Zauber der Macallister-Höhle mit diesem Portal endet, da ein wenig darüber hinaus nur eine rohe Vertiefung sich befindet, die bald darauf mit Steinen und Erde verstopft ist. Aber der Teich, an dessen Rand wir standen, von den phantastischsten Bildungen in einem Stoff, der weißem Marmor gleicht, umgeben und durch die Tiefe und Reinheit seines Wassers ausgezeichnet, hätte wohl die Bade-Grotte einer Najade sein können. Die Gruppen verschlungener Gestalten, bald hervorspringend, bald vertieft, von denen der Teich umgeben ist, sind außerordentlich elegant und phantastisch. Ein Bildhauer könnte schöne Motive von der eigenthümlichen und romantischen Zusammenstellung dieser Stalactiten entlehnen. Kaum eine Gruppe oder einzelne Bildung, aus der eine lebhafte Einbildungskraft nicht Gestalten oder groteske Zierrathe schaffen könnte, welche allmählich in dieser Höhle durch das Herabtropfen des kalkhaltigen Wassers entstanden sind, dessen Niederschlag die Versteinerungen bildete. Manche dieser schönen Gruppen sind durch die unsinnige Sammlerwuth neuerer Touristen verstümmelt und die Grotte hat, wie ich höre, durch den Qualm der Fackeln etwas von der lebhaften Silberfärbung verloren, welche ursprünglich einer ihrer Hauptreize war. Aber es bleibt genug Schönheit trotz alles dessen, was verloren ist, übrig. Herr Mac-Allister von Strathaird hat höchst passend den äußeren Eingang der Höhle vermauern lassen, damit Fremde nur ordnungsmäßig unter Begleitung eines Führers hineintreten können und ins künftige die übermüthigen und selbstsüchtigen Verletzungen vermieden werden, welche diese eigenthümliche Naturbildung bereits erlitten hat.

Anm. 23. zu IV. 4.

Der Edelmuth, welcher auch dem Charakter des Feindes seine Ehre giebt, zeichnet oft Bruce's Urtheile aus, wie sie der wahrheitsgetreue Barbour verzeichnet. Er erwähnt selten eines gefallenen Feindes ohne der guten Eigenschaften zu gedenken, die er besessen haben mochte. Ich nenne nur ein Beispiel. Kurz nachdem Bruce in Carrick gelandet war, im Jahre 1306, gewann der englische Gouverneur von Ayr, Sir Ingram Bell, einen wohlhabenden Landmann, der bis dahin Anhänger des Bruce gewesen war, den Versuch eines Meuchelmordes auf ihn zu machen. Der König erfuhr die Verrätherei gleich andern Geheimnissen des Feindes durch die Hülfe eines Mädchens, mit der er ein Einverständniß hatte. Kurz nachdem er davon benachrichtigt war, begab er sich in einen kleinen Dickicht in einiger Entfernung von seinen Mannen mit einem einzigen Pagen zur Begleitung und begegnete dem Verräther, dem zwei seiner Söhne folgten. Sie näherten sich ihm mit gewohnter Vertraulichkeit, aber Bruce nahm seines Pagen Bogen und Pfeil und gebot ihnen sich fern zu halten. Als sie mit Betheuerungen ihres Eifers für seine Person und seinen Dienst vorwärts drängten, warnte er sie zum zweitenmal und erschoß alsdann den Vater mit dem Pfeil. Als ihn jetzt die Söhne, einer nach dem andern, angriffen, räumte er erst den einen aus dem Weg, der mit einer Axt bewaffnet war; dann, als der andre ihn mit einem Speer angriff, vermied er den Stoß, hieb die Speerspitze ab, und spaltete den Schädel des Mörders mit einem Hieb seines Flambergs.

Anm. 24. zu IV, 9.

Ronin (gemeinlich Run genannt, eine Namensform, deren möglichste Vermeidung man einem Dichter verzeihen wird) ist ein sehr rauhes und bergiges Eiland in der Nähe von Eigg und Cannay. Es ist beinahe kein Ackergrund darauf, so daß mit Ausnahme seines Wildreichthums, der natürlich jetzt so gut als verschwunden ist, noch immer die Beschreibung darauf paßt, die der Dechant der Inseln davon giebt:

„Ronin; sechzehn Meilen nordwestlich von der Insul Coll lieget eine Insul genennet Ronan Insul, an die sechzehn Meilen lang und sechs in der Breite, wo sie am schmalsten ist; ein Wald von hohen Bergen und Ueberfluß an kleinem Wild darinnen, welches Wild niemalen im Grunde erlegt wird, wann nicht der Hauptschütze oben auf dem Berge stehet, sintemal das Wild immer durch den Leitbock (taynchell, tynchell?) nach oben gerufen wird und ohne Leitbock wird es mit Gewalt nach oben stürzen. In dieser Insul kann um Britannien so viel an wilden Vogelnestern gewonnen werden auf dem ebnen Moor, als Einem irgend zu sammeln beliebet, und zwar derohalben, weilen die Vögel weniges haben was sie aufjagt ohne das Wild. Diese Insul lieget von dem Westen nach dem Osten in die Länge und gehöret dem M'Kenabrey auf Cola. Manche Fettgänse sind in dieser Insul." Monro's Beschreibung der Western Inseln, S. 18.

Anm. 25. zu IV, 9.

Diese und die folgenden Verse der Stanze beziehen sich auf eine furchtbare Erzählung von feudaler Rache, von der unglücklicher Weise Spuren übrig sind, die noch immer deren Wahrheit bezeugen. Scoor-Eigg ist ein hoher Berggipfel in der Mitte der kleinen Insel Egg oder Eigg mit vielen Höhlen, deren eine die Scene einer grausamen feudalen Rache war. Diese berüchtigte Höhle hat eine enge Oeffnung, durch welche man kaum auf Händen und Knieen kriechen kann. Innerlich erhebt sie sich steil und hoch und dringt in die Eingeweide des Felsens bis zu einer Tiefe von 255 Fuß ein. Die Höhe mag am Eingang drei Fuß betragen, aber erhebt sich innerlich zu achtzehn oder neunzehn, und die Breite wechselt in demselben Verhältnisse. Der rauhe und steinige Boden der Höhle ist mit Gebeinen von Männern, Weibern und Kindern bedeckt, grause Ueberbleibsel der alten Inselbewohner, 200 an Zahl, welche bei folgender Gelegenheit getödtet wurden: Die Macdonalds der Insel Egg, ein vom Clan-Ranald abhängiger Stamm, hatten dem Laird von Mac-Leod eine Verletzung zugefügt. Die Tradition der Insel sagt, daß bei einem persönlichen Angriff auf den Häuptling, ihm das Rückgrat zerbrochen wurde. Aber auf den andern Inseln erzählt man mit mehr Wahrscheinlichkeit, daß die Gewaltthat Zweien oder Dreien der Mac-Leods angethan wurde, die auf Eigg landeten, und da sie sich einige Freiheiten gegen junge Weiber herausnahmen, von den Inselleuten ergriffen an Hand und Fuß gebunden und in einem Boot den Winden und Wogen preis gegeben wurden, die sie wohlbehalten nach Skye trieben. Um die Beleidigung zu rächen, segelte Mac-Leod mit einer so großen Schaar gegen sie aus, daß Widerstand hoffnungslos gewesen wäre. Die Eingebornen, seine Rache fürchtend, verbargen sich in dieser Höhle und nach einer genauen Durchsuchung der Insel begaben sich die Mac-Leods wieder an Bord ihrer Galeeren, nachdem sie so viel Unheil als möglich angerichtet hatten, da sie glaubten, die Einwohner hätten die Insel verlassen und sich nach Long-Island oder einer andern von Clan-Ranalds Besitzungen begeben. Doch am nächsten Morgen erspähten sie von ihren Fahrzeugen aus einen Mann auf der Insel; sie landeten sogleich wieder und verfolgten seinen Rückzug auf seinen Fußspuren, da unglücklicher Weise ein leichter Schnee den Boden bedeckte.

Mac-Leod umringte alsdann die Höhle und forderte die unterirdische Besatzung auf, ihm die Personen, welche ihn beleidigt hatten, auszuliefern. Dies wurde auf das bestimmteste verweigert. Darauf ließ der Häuptling seine Leute den Lauf eines Baches ableiten, der, da er über dem Eingang der Höhle hinabfiel, die von ihm beabsichtigte Rache verhindert haben würde. Alsdann zündete er am Eingang der Höhle ein gewaltiges Feuer von Torf und Farnkraut an und unterhielt es mit hartnäckiger Sorgfalt, bis Alle, die sich im Innern befanden, den Tod der Erstickung erlitten hatten. Das Datum dieser grauenvollen That muß ziemlich jung sein, wenn man von dem frischen Aussehn der Ueberbleibsel schließen darf. Ich brachte trotz des Vorurtheils unsrer Seeleute einen Schädel aus der mannigfachen Zahl der sterblichen Reste mit, welche diese Höhle darbot. Ehe wir uns wieder einschifften, besuchten wir eine andre Höhle, welche gegen die See hin sich öffnete, aber einen vollständig verschiedenen Charakter zeigte, eine weite offne Wölbung, so hoch wie die eines Domes und tief in den Felsen hinein in derselben Höhe sich erstreckend. Die Höhe und Weite der Oeffnung giebt dem Ganzen hinreichendes Licht. Hier pflegten nach dem Jahre 1745, als die katholischen Priester kaum geduldet waren, die Geistlichen von Egg den römisch-katholischen Gottesdienst abzuhalten, da die meisten Inselbewohner sich zu diesem Glauben bekannten. Ein ungeheurer Klippen-Vorsprung, der sich in halber Höhe an der einen Seite hin erstreckt, diente als Altar und Kanzel, und die Erscheinung eines Priesters und einer Hochland-Gemeinde in einem so außerordentlichen Gotteshause hätte wohl dem Pinsel eines Salvator einen Vorwurf bieten können.

Anm. d. zu IV, 10.

(Im Text ist neben Ulva die Insel Colonsay genannt durch ein handgreifliches Versehen des Dichters, denn dieselbe liegt viel südlicher als daß sie schon hier erwähnt werden könnte. Ueberdies wird ihrer an richtiger Stelle noch einmal in der 11. Stanze gegen den Schluß gedacht. Der Uebersetzer hat daher nicht Anstand genommen, ihren Namen hier mit dem einer in den Zusammenhang passenden andern Localität zu vertauschen. Anm. d. Uebers.)

Anm. 26. zu IV, 11.

Die Ballade: „Macphail von Colonsay und die Nixe von Corrievrekin“ (s. Border Minstrelsy, Th. IV, S. 285), ward von John Leyden nach einer Sage verfaßt, welche er auf einer Reise durch die Hebriden um das Jahr 1801 auffand, kurz vor seiner verhängnißvollen Abfahrt nach Indien, wo er, nachdem er die orientalische Literatur tiefer als irgend ein Gelehrter vor ihm erforscht hatte, als Märtyrer seines Wissensdranges auf Java in der Nähe Batavias starb, kurz nachdem unsre Streitkräfte gelandet waren, im August 1811.

Anm. 27. zu IV, 12.

Die Halbinsel Cantyre schließt sich an Süd Knapdale durch eine sehr schmale Landenge an, die durch das Eindringen des westlichen und östlichen Loch-Tarbat gebildet wird. Diese zwei Salzwasser-Seen oder Buchten treten so tief ins Land und ihre Ausläufe nähern sich einander so sehr, daß nicht mehr als eine (englische) Meile Land zwischen ihnen bleibt.

Anm. 28. zu IV, 13.

Loch Ranza ist eine schöne Bucht an dem nördlichen Ende von Arran, die sich dem östlichen Tarbat-Loch gegenüber öffnet. Sie ist gut von Pennant beschrieben: — „Der Anblick, als wir uns näherten, war prachtvoll. Eine schöne Bucht uns gegenüber etwa eine Meile tief mit Schloßruinen an ihrem untern Ende auf einer niedrigen, weit in die See tretenden Landzunge, die einen zweiten Hafen mit einem engen Eingang bildete, der jedoch im Innern, selbst bei niedrigster Ebbe, drei Faden Tiefe hat. Jenseits ist eine kleine durch einen Fluß bewässerte Ebene, von den Einwohnern eines Dörfchens bevölkert. Das Ganze ist amphitheatralisch von Bergen umgeben, im Hintergrund von den zackigen Klippen des Grinnan-Athol überragt" — Pennants Reise zu den Western Isles. S. S. 191, 192. Ben-Gheil „der Berg der Winde" ist allgemein unter seinem englischen, aber weniger poetischen Namen Ziegenfeld (Goatfield — wahrscheinlich — Fjell — Fels) bekannt.

Anm. 29. zu IV, 18.

Die Stelle Barbours, wo er die Landung Bruce's beschreibt, und wie derselbe von Douglas und dem vorausgegangenen Gefolge des letztern am Schall seines Jagdhorns erkannt wurde, ist im Original überaus einfach und ergreifend. Der König landete in Arran mit drei und dreißig kleinen Ruderbooten. Er fragte eine Frau, ob vor kurzem irgend welche Kriegsleute dort angekommen seien. „Freilich Herr", antwortete sie, „Ich kann Euch von Manchen sagen, die kürzlich hierher kamen, den englischen Hauptmann schlugen und sein Schloß in Brodick belagerten. Sie halten sich in einem Wald auf, nicht weit von hier". Der König, der sofort sah, daß dies Douglas und seine Begleiter sein müßten, die kürzlich ausgezogen waren, um ihr Glück in Arran zu versuchen, befahl der Frau, ihn zum Walde zu führen. Sie gehorchte:

„Der König blies mit lautem Schall;
Dann hieß er seine Mannen all
Sich ruhig halten, still und stumm.
Drauf stieß ins Horn er wiederum.
James Douglas horcht und er allein
Erkannte gleich den Herren sein,
Und rief: ‚Der König ist gekommen,
Sein Blasen hab' ich wohl vernommen.
Als drauf er blies zum drittenmal,
Hört Robert Bond auch das Signal
Und spricht: ‚Das ist der König; eilt!
Kommt mit mir zu ihm unverweilt.'
Und rasch zum König liefen sie,
Und höflich beugten sie ihr Knie:
Der König heißt sie schön willkommen
Und freut sich sehr, daß sie gekommen.
Erst küßt er sie, darauf er fragt,
Wie sie geplrscht und was erjagt?
Sie sagten's sonder Hehl und Spott,
Dankten für seine Ankunft Gott
Und traten mit dem König dann
Den Weg zu seiner Herberg an."

Barbours Bruce. B. V. S. S. 115. 116.

Anm. 30. zu IV, 20.

Der freundliche und doch feurige Charakter des Edward Bruce ist von Barbour vortrefflich in der Darstellung seines Benehmens nach der Schlacht von Bannockburn geschildert. Sir Walter Roß, einer von den wenigen schottischen Edeln, welche in jener Schlacht fielen, war Edwards Herzen so theuer, daß er wünschte, der Sieg möchte verloren gewesen sein, wenn Roß nur am Leben geblieben wäre.

Anm. 31. zu IV, 27.

Dies Ereigniß, welches den ritterlichen Edelmuth des Bruce in ein so helles Licht stellt, ist einer der vielen einfachen und natürlichen Züge, die uns durch Barbour aufbewahrt sind. Es trug sich auf der Expedition zu, welche Bruce nach Irland unternahm, um die Ansprüche seines Bruders Edward auf den Thron jenes Königreichs zu unterstützen.

Anm. 32. zu V, 6.

Das Innere der Insel Arran ist reich an schöner Hochlands-Scenerie. Die Höhen, sehr felsig und abschüssig, bieten einige Wasserfälle von großer Höhe, obschon unbedeutender Breite dar. Es führt ein Paß über den Fluß Machrai, der einen Ruf erhalten hat, durch das Dilemma, in welches er ein armes Weib brachte. Diese ward durch die geringe Breite der Schlucht verführt hinüber zu gehn; ihre erste Bewegung glückte ihr auch; aber sie ward in Schrecken gesetzt, als es nöthig wurde, auch den andern Fuß zu bewegen, und blieb in dieser ebenso lächerlichen als gefährlichen Position, bis ein zufällig vorbeikommender Wandrer ihr beistand, sich daraus zu erlösen. Sie soll einige Stunden so gestanden haben.

Anm. 33. zu V. 7.

Das Schloß Brodick oder Brathwick auf der Insel Arran ist eine alte Veste in der Nähe einer offnen Rhede, Brodickbay, und nicht weit entfernt von einem erträglichen Hafen, der durch die Insel Lamlash eingeschlossen ist. Dieser bedeutende Platz war kurz vor der Ankunft Bruce's auf der Insel belagert. James, Lord Douglas, der Bruce zu seinem Versteck in Rachrine gefolgt war, scheint im Frühjahr 1306 des Aufenthalts daselbst müde geworden zu sein und sich aufgemacht zu haben, um (nach der Redeweise der Zeit) zu sehen, welches Abenteuer Gott ihm senden würde. Sir Robert Boyd begleitete ihn, und seine Kenntniß der Oertlichkeiten von Arran scheint seinen Lauf hieher gelenkt zu haben. Sie landeten auf der Insel im Geheimen und scheinen dem Sir John Hastings, dem englischen Gouverneur in Brodick, einen Hinterhalt gelegt zu haben, in Folge dessen sie eine beträchtliche Zufuhr von Waffen und Provision abfingen und beinahe das Schloß selbst nahmen. Daß diese Einnahme wirklich stattfand, wird von den Geschichtsschreibern allgemein versichert, wiewohl es aus der Erzählung Barbours nicht erhellt. —

Das Schloß ist jetzt sehr modernisirt, aber es hat ein würdiges Ansehn, da es von blühenden Anpflanzungen umgeben ist.

Anm. 34. zu V, 7.

Barbour giebt mit großer Naivetät eine Anecdote, aus welcher erhellen dürfte, daß das Laster des Schwörens und Fluchens, später nur zu sehr im schottischen Volke verbreitet, damals sich auf die Soldaten beschränkte. Als Douglas nach Bruce's Rückkehr nach Schottland in der gebirgigen Landschaft von Tweeddale in der Nähe des Gewässers Line umherschweifte, hörte er zufällig einige Leute in einem Bauernhof: „der Teufel"! sagen. Er schloß aus diesem kecken Ausdruck, daß das Haus kriegerische Gäste beherbergte, griff es augenblicklich an, und hatte das gute Glück, Thomas Randolph, den nachmals so berühmten Grafen von Murray und Alexander Stuart, Lord Bonkle, zu Gefangenen zu machen. Beide waren damals im englischen Interesse und waren in das Land gekommen, um Douglas zu vertreiben. Nachmals gehörten sie zu Bruces eifrigsten Anhängern.

Anm. e. zu V, 13.

(Südwestlich —, ein Versehen des Dichters, da Turnberry in der Landschaft Carrick vielmehr südöstlich von Arran liegt. Anm. d. Uebers.)

Anm. 35. zu V, 17.

Das Folgende sind die Worte eines geistreichen Correspondenten, dem ich für manche Nachricht über Turnberry und seine Nachbarschaft verbunden bin: „Die einzige Tradition, welche noch in Bezug auf Robert Bruce's Landung in Carrick dem Gedächtniß aufbewahrt ist, bezieht sich auf das Feuer, welches er von der Insel aus sah. Es wird noch allgemein erzählt und von Vielen wie ein Evangelium geglaubt, daß dies Feuer wirklich das Werk einer überirdischen Macht war, und daß keine menschliche Hand dazu beitrug, und man sagt, daß einige Jahrhunderte hindurch die Flamme sich alle Jahr in derselben Nacht erhob, in welcher sie der König zuerst von den Thürmen des Schlosses Brodick erblickte — und einige gehen so weit zu sagen, daß, wenn die genaue Zeit bekannt wäre, man sie immer noch sehen würde. Daß dieser Aberglaube sehr alt ist, geht daraus hervor, daß der Platz, wo das Feuer erschienen sein soll, seit unvordenklichen Zeiten Bogles' Brae (Spuk-Gebüsch) genannt wird. Zur Unterstützung dieses eigenthümlichen Glaubens sagt man, daß die Sitte, das Heidekraut zur Verbesserung des Bodens anzuzünden, damals unbekannt war: daß ein Spunkie (Irrwisch) über die Breite des Forth of Clyde zwischen Ayrshire und Arran nicht hätte gesehen werden können und daß der Bote Bruce's sein Verwandter und niemals des Verrathes verdächtig gewesen sei". — Brief von Mr. Joseph Train, von Newton-Stuart.

Anm. f. zu V, 25.

(Clan-Colla ist der gaelische Name des Stammes, dem der Herr der Inseln zunächst als Haupt vorstand, während Lorn's Leute die Dougalls sind. Anm. d. Uebers.)

Anm. 36. zu V, 33.

Ich bin der schmeichelnden und gefälligen Sage gefolgt, daß Bruce nach seiner Landung auf der Küste von Ayrshire thatsächlich Besitz von seinem mütterlichen Schloß ergriff. Aber die Tradition ist nicht genau. Die Wahrheit ist, daß er nur stark genug war, die Vorposten der englischen Garnison zu alarmiren und zurückzutreiben, die übrigens nicht von Clifford, wie im Text angenommen, sondern von Percy befehligt wurde. Auch ward Clifford nicht bei dieser Gelegenheit getödtet, wiewohl er verschiedene Scharmützel mit Bruce hatte. Er fiel nachmals in der Schlacht von Bannockburn. Bruce, nachdem er das Schloß Turnberry alarmirt und einen Theil der Garnison, die außerhalb der Festungswälle lag, überrumpelt hatte, zog sich in den gebirgigen Theil von Carrick zurück, und verstärkte sich dort so, daß die Engländer genöthigt waren, Turnberry und zuletzt auch das Schloß von Ayr zu räumen. Manche Beneficien und königliche Verleihungen bezeugen in dieser Gegend seine Anhänglichkeit an die erblichen Lehnsleute seines Hauses.

Anm. 37. zu VI, 1.

Der erste bedeutende Vortheil, den Bruce nach seiner Landung bei Turnberry erstritt, war der über Aymer de Vallance, Graf von Pembroke, denselben, durch welchen er bei Methven geschlagen war. Sie begegneten sich, wie man sagt, auf Verabredung zu Loudonhill im Westen Schottlands. Pembroke erlitt eine Niederlage und von dieser Zeit an stand Bruce an der Spitze eines bedeutenden fliegenden Corps. Doch war er später genöthigt sich nach Aberdeenshire zurückzuziehn, und ward dort von Comyn, Grafen von Buchan, angegriffen, der den Tod seines Verwandten, des Rothen Comyn, zu rächen begehrte und von einem englischen Kriegshaufen unter Philipp von Moubray unterstützt wurde. Bruce lag damals an einem skrophulösen Leiden danieder, bestieg jedoch sein Roß, um den Feinden zu begegnen, wiewohl er von beiden Seiten gestützt werden mußte. Er war siegreich und man sagt, daß die geistige Aufregung seine Gesundheit wieder herstellte.

Anm. 38. zu VI, 1.

Der „gute Lord James von Douglas“ nahm während dieser Aufstände oft sein eigenes Schloß Douglas den Engländern ab, aber da er nicht im Stande war es hinlänglich zu bemannen, begnügte er sich damit die Befestigungen zu zerstören und sich in die Gebirge zurückzuziehn. Als eine Belohnung seines Patriotismus soll ihm prophezeit sein, daß so oft das Schloß Douglas würde zerstört werden, es stets prächtiger aus den Ruinen erstehen sollte. Bei einer dieser Gelegenheiten ließ er sich eine furchtbare Grausamkeit zu Schulden kommen, indem er allen Mundvorrath, welchen die Engländer in seinem Schloß zusammengebracht hatten, auf einen Haufen bringen ließ, die Wein- und Bierfässer zerschlug, daß sich ihr Inhalt zwischen den Waizen und das Mehl ergoß, auf derselben Stelle das Vieh niedermetzelte und oben auf dem ganzen Haufen den englischen Gefangenen die Kehlen abschnitt. Dieser Scherz des „guten Lord James" wird unter dem Namen von „Douglas Speisekammer" erwähnt.

Anm. 39. zu VI, 1.

„John von St. John war mit 15,000 Reitern vorgerückt, um sich dem Einfall der Schotten entgegenzustellen. Er versuchte sie durch einen forcirten Marsch zu überrumpeln, aber die Feinde empfingen zeitig Nachricht von seinen Bewegungen. Der Muth Edward Bruce's, der sich der Tollkühnheit näherte, setzte ihn oft in den Stand das auszuführen, was ein Mann von mehr Ueberlegung niemals versucht haben würde. Er ließ die Infanterie und die geringere Classe seines Heeres sich an einer festen und engen Stelle verschanzen. Er selbst mit funfzig wohlgerüsteten Reisigen jagte unter dem Schutz eines dichten Nebels davon, überraschte die Engländer auf ihrem Marsch, griff sie an und zerstreute sie." — Dalrymple's Annalen von Schottland. 4°. Edinburgh 1779, S. 25.

Anm. 40. zu VI, 1.

Thomas Randolph, Bruce's Schwestersohn, ein berühmter schottischer Häuptling, war in seinem früheren Leben nicht berühmter wegen seiner Charakterfestigkeit als Bruce selbst. Er schloß sich der Partei seines Onkels an, als Bruce sich zuerst die Krone aufsetzte und ward in der verhängnißvollen Schlacht von Methven gefangen genommen, in welcher die Hoffnungen seines Verwandten vernichtet zu sein schienen. Randolph unterwarf sich in Folge dessen nicht nur den Engländern, sondern ergriff thätig Partei gegen Bruce; erschien in Waffen gegen ihn und in dem Handgemenge, in welchem er so nahe von dem Bluthunde bedrängt wurde, soll sein Neffe seine Standarte mit seiner eignen Hand erobert haben. Aber Randolph ward später von Douglas in Tweeddale gefangen genommen und vor König Robert gebracht. Einige harte Worte wurden zwischen Onkel und Neffen gewechselt und der letztere ward auf einige Zeit in engen Gewahrsam gebracht. Später jedoch versöhnten sie sich und Randolph wurde um das Jahr 1312 zum Grafen von Morny ernannt. Nach dieser Zeit zeichnete er sich vorzüglich, zuerst bei der Ueberrumpelung des Edinburger Schlosses, und später bei andern ähnlichen Unternehmungen aus, die mit gleichem Muth und Geschick durchgeführt wurden.

Anm. 41. zu VI, 4.

Als eine lange Reihe von Erfolgen, die Bruce mit Thätigkeit ausbeutete, ihn fast zum Herrn von ganz Schottland gemacht hatten, hielt sich immer noch das Schloß von Stirling. Die Belagerung war vom König seinem Bruder Edward anvertraut, der mit dem Schloßhauptmann, Sir Philip Mowbray, einen Vertrag abschloß, daß er die Festung übergeben sollte, wenn der König von England sie nicht vor dem Tag Johannis des Täufers entsetzte. Der König tadelte seinen Bruder sehr wegen der Unklugheit eines Vertrages, der dem König von England Zeit gab mit allen seinen versammelten Streitkräften zum Entsatz des Schlosses auszurücken und ihn selbst nöthigte, entweder ihnen mit einer geringeren Macht eine Schlacht anzubieten oder sich mit Schande zurückzuziehn. „Laß ganz England kommen," antwortete der verwegene Edward, „wir wollten sie bekämpfen, wenn ihrer noch mehr wären." Die Folge war natürlich, daß jedes der Reiche seine ganze Kraft aufbot für die erwartete Schlacht; und da der verabredete Zeitraum von Fastnacht bis Johannis sich erstreckte, so war die Zeit dafür vollständig ausreichend.

Anm. 42. zu VI, 4.

Edward I., mit der gewöhnlichen Politik der Eroberer, verwandte die von ihm unterworfenen Waliser zum Beistand in seinen schottischen Kriegen, für welche ihre Gewohnheiten als Bergbewohner sie besonders tauglich machten. Aber diese Politik war nicht ohne ihre Gefahren. Schon vor der Schlacht von Falkirk fanden Zänkereien zwischen den Walisern und den englischen Reisigen statt und nach Blutvergießen von beiden Seiten trennten sich jene von seinem Heere, und die Fehde zwischen ihnen ward in einem so gefährlichen und kritischen Augenblick mit Schwierigkeit beigelegt. Edward II. folgte in dieser Beziehung dem Beispiel seines Vaters und mit nicht besserem Erfolg. Sie konnten nicht dahin gebracht werden, sich für die Sache ihrer Unterjocher anzustrengen. Aber sie empfingen (von den Schotten) keinen besondern Lohn für ihre Lässigkeit (im Kampf gegen dieselben). Ohne Waffen und in dürftigen Kleidern von Linnen erschienen sie selbst in den Augen der schottischen Bauern nackt und wurden nach der Niederlage von Bannockburn von ihnen in großer Anzahl niedergemacht, als sie in Verwirrung in ihr eignes Land zurückeilten. Sie standen unter der Anführung des Sir Maurice de Berkeley.

Anm. 43. zu VI, 4.

In den „Foedera" ist eine Einladung von Eth O'Connor, Häuptling der Iren von Connaught, in welcher dargelegt wird, daß der König in Begriff stehe gegen die schottischen Rebellen zu ziehen und deshalb den Anschluß aller Streitkräfte verlange, die er zusammenbringen könne, entweder von ihm selbst geführt oder von einem Edeln seines Geschlechtes. Diese Hülfstruppen sollten unter dem Befehle Richards de Burgh, Grafen von Ulster, stehn.

Anm. 44. zu VI, 13.

Der englische Vortrab, von den Grafen von Gloucester und Hereford geführt, kam der schottischen Armee am Abend des 23. Juni zu Gesicht. Bruce ritt gerade auf einem kleinen Zelter, vor der Front seiner ersten Linie, indem er das Heer ordnete. Da war es, daß die Begegnung zwischen ihm und Sir Henry de Bohun, einem tapfern englischen Ritter, stattfand, deren Ausgang einen großen Einfluß auf die Stimmung beider Heere hatte.

(Der Uebersetzer glaubt, daß es ihm seine Leser danken werden, wenn er die betreffende Stelle aus Barbour's Bruce hier einfügt, da sie ihm besonders geeignet scheint, die Art, wie unser Dichter seine Quellen benutzt, in helles Licht zu stellen. Denn die Treue und Discretion, mit welcher W. Scott sich an die Ueberlieferung hält, ist ebenso achtungswerth, wie das Geschick, mit welchem er durch wenige feine Pinselstriche den herben und ungelenken Chronikenstil in die edle und würdige Form des romantischen Epos umzuwandeln versteht, bewundrungswürdig ist.

Da war Sir Henry Boune der Kecke,
Ein werther Herr und starker Recke;
Er war verwandt mit Herford's Blut,
Sein Waffenzeug war schön und gut;
Der ritt zum Feind vor Jedermann
Auf einen Bogenschuß heran;
Und gleich erkennt den König er,
Da er ihn ordnen sieht sein Heer,
So wie auch an dem goldnen Ring,
Der seinen Eisenhut umfing.
Und rasch nimmt er auf ihn den Lauf;
Der König sieht ihn auch darauf,
Wie frech er her vor Allen fährt,
Und lenkt gleichfalls auf ihn sein Pferd;
Und als Sir Henry ihn erblickt,
Wie er ankommt und sich nicht bückt,
Sprengt in Galopp er auf ihn los.
Er dacht', er hätte mühelos
Schon Sieg und Beut' an ihm erstritten,
Da er ihn sah so schlecht beritten.
So sprangen sie in einer Reih;
Doch ging Sir Henry's Roß vorbei.
Der König hoch im Bügel stand,
Das schwere Beil in seiner Hand.
Vor eines solchen Hiebes Wuth
Hält weder Helm noch Eisenhut;
Es spaltet ihm der schwere Streich
Den Kopf bis auf den Panzer gleich;

Es brach entzwei der Streitart Stiel;
Der Ritter stracks zu Boden fiel
Platt hin; so traf des Hiebes Macht.
Dies war der erste Streich der Schlacht.

Anm. d. Uebers.)

Anm. 45. zu VI, 20.

Es ist eine alte Sage, daß die wohlbekannte schottische Melodie: „Hey tutti taitti" der Marsch des Bruce bei der Schlacht von Bannockburn war. Der verstorbene Ritson, der eben keine Voraussetzungen zuzugeben pflegte, zweifelt, ob die Schotten irgend eine kriegerische Musik hatten und citirt Froissart's Bericht, wonach jeder Soldat im Heere ein kleines Horn trug, auf welchem alle zusammen beim Angriff einen so grauenvollen Lärm machten, als ob alle Teufel aus der Hölle in sie gefahren wären. Er bemerkt, daß diese Hörner die einzigen Musikinstrumente seien, welche Barbour erwähnt, und schließt, daß es ein Streitpunkt bleiben müsse, ob Bruce's Heer auch nur durch den Klang eines einsamen Dudelsacks angefeuert sei. („Historischer Versuch" vor Ritson's „Schottische Lieder".) Es mag im Vorübergehen bemerkt werden, daß die Schotten dieses Zeitalters sicherlich gewisse musikalische Tonfälle beobachteten, selbst beim Blasen ihrer Hörner, da Bruce auf der Stelle von seinen Anhängern an der Art des Blasens erkannt wurde. S. Anm. 29 zum 4. Gesang. Aber die Tradition, ob wahr oder falsch, ist das Mittel gewesen, dem schottischen Lande eines der schönsten lyrischen Gedichte zu erwerben, den berühmten Kriegsgesang von Burns —: „Scots, wha hae wi' Wallace bled."

Anm. 46. zu VI, 21.

„Mauritius, Abt von Inchaffry stellte sich auf eine Anhöhe und las die Messe angesichts des schottischen Heeres. Dann ging er barfuß die Front entlang, ein Crucifix in den Händen und ermahnte die Schotten in wenigen und eindringlichen Worten, für ihre Rechte und ihre Freiheit zu kämpfen. Die Schotten knieten nieder. „Sie ergeben sich," rief Edward, „sieh, sie flehen um Gnade." „Ja," antwortete Ingelram von Umfraville, „aber nicht um unsre. Auf jenem Felde werden sie siegen oder sterben." — Annalen von Schottland. Th. II, S. 47.

Anm. 47. zu VI, 22.

Die englischen Bogenschützen begannen den Angriff mit ihrer gewohnten Unerschrockenheit und Geschicklichkeit. Aber Bruce hatte gegen eine Waffengattung, deren Bedeutung er durch verhängnißvolle Erfahrungen kennen gelernt hatte, Vorsichtsmaßregeln getroffen.

Eine kleine aber erlesene Reiterschaar ward von der Rechten unter Commando Sir Robert Keith's abgesandt. Sie schwenkten meiner Meinung nach um den Sumpf, Milton-Bruch genannt, und indem sie sich auf festem Grund hielten, griffen sie die englischen Schützen in der linken Flanke und im Rücken an. Da letztere weder Speere noch lange Schwerter hatten, um sich gegen Reiterei zu vertheidigen, wurden sie augenblicklich in Unordnung geworfen und verbreiteten durch das ganze englische Heer eine Verwirrung, von der es sich nicht wieder ganz erholte.

Obwohl der Erfolg dieses Manoeuvre's augenscheinlich war, ist es auffallend, daß die schottischen Heerführer von dieser Erfahrung keinen Nutzen gezogen zu haben scheinen. Beinahe jede folgende Schlacht, welche sie gegen England verloren, ward durch die Schützen entschieden, denen die enge und compakte Anordnung der schottischen Phalanx ein ausgesetztes und zum Widerstand unfähiges Ziel bot. Die blutige Schlacht von Halidoun-Hill, kaum zwanzig Jahre später, ward so vollständig durch die Schützen gewonnen, daß die Engländer nur einen Ritter, einen Junker und wenige Fußknechte verloren haben sollen. In der Schlacht bei Neville's-Croß im Jahre 1346, wo David II. geschlagen und gefangen genommen wurde, soll John von Graham, da er den Verlust bemerkte, welchen die Schotten durch die englischen Schützen erlitten, sich erboten haben sie anzugreifen und zu zerstreuen, wenn hundert Reisige unter sein Commando gestellt würden. „Aber die Wahrheit zu gestehen,“ sagt Fordun, „er konnte nicht einen einzigen Reiter für den vorgeschlagenen Zweck erhalten.“ Von so geringem Nutzen ist Erfahrung im Krieg, wo ihren Ergebnissen Gewohnheit oder Vorurtheil entgegentritt.

Anm. 48. zu VI, 24.

Roger Asham citirt ein ähnliches schottisches Sprüchwort: „wodurch sie den ganzen Preis im Schießen ehrlich den Engländern ertheilen, indem sie so sagen, daß jeder englische Bogenschütz unter seinem Gürtel vierundzwanzig Schotten trägt.“ Ja Toxophilus sagt zuvor und mit Recht von der schottischen Nation: „Die Schotten sind gewiß gute Kriegsmannen in ihrer eignen Art; so gut wie möglich; aber was Schießen anlangt, so können sie sich dessen nicht zu einigem Vortheil bedienen noch dazu herausfordern zu einigem Preise.“ Ashams Werke, herausgegeben von Bennet. 4. S. 110.

Es wird von einem alten englischen Schriftsteller, aber, wie ich überzeugt bin, fälschlich behauptet, daß der „gute Lord James von Douglas“ die Ueberlegenheit der englischen Bogenschützen so fürchtete, daß, wenn er einen derselben gefangen nahm, er ihm die Wahl ließ, ob er den Zeigefinger seiner rechten Hand oder sein rechtes Auge verlieren wollte, da beide Arten der Verstümmelung ihn unfähig zum Gebrauch des Bogens machten. Ich habe das Citat zu dieser eigenthümlichen Angabe verlegt.

Anm. 49. zu VI, 24.

Es wird allgemein von den Geschichtsschreibern angeführt, daß die englischen Reisigen in die von Bruce ihnen gelegte Falle fielen. Barbour erwähnt dieses Umstandes nicht. Nach seiner Erzählung drang Randolph, als er die Metzelei sah, welche die Cavallerie auf dem rechten Flügel unter den Schützen anrichtete, muthig gegen das Hauptheer der Engländer vor und wurde mit ihnen handgemein. Douglas und Stuart, welche das schottische Centrum befehligten, führten ihre Abtheilung gleichfalls zum Angriff und die Schlacht, die nun auf der ganzen Linie allgemein wurde, ward auf beiden Seiten lange Zeit hartnäckig fortgesetzt, da nun die schottischen Schützen, nachdem die englischen zerstreut waren, eine große Niederlage unter den englischen Reisigen anrichteten.

Anm. 50. zu VI, 24.

Man hat mir gesagt, daß dieser Vers eine erläuternde Anmerkung erheischt; und in der That denjenigen, welche die stille Geduld gesehen haben, mit welcher Pferde sich der grausamsten Behandlung unterwerfen, mag ein Zweifel daran gestattet sein, daß sie in Augenblicken plötzlichen und unerträglichen Entsetzens ein höchst klägliches Geschrei hören lassen. Lord Erskine führte in einer Rede im Hause der Lords für einen Gesetzesvorschlag, durch welchen menschliche Behandlung der Thiere bezweckt wurde, diesen bemerkenswerthen Umstand mit Worten an, die ich nicht durch den Versuch sie zu wiederholen verstümmeln will. Ich selbst hörte bei einer Gelegenheit ein Pferd in einem Augenblick der Qual ein durchdringendes Geschrei ausstoßen, das ich noch immer für den jammerhaftesten Ton halte, den ich jemals vernommen habe.

Anm. 51. zu VI, 28.

Als der Kampf zwischen den Hauptheeren einige Zeit angedauert hatte, machte Bruce eine entscheidende Bewegung, indem er die schottische Reserve heranbrachte. Es geht die Sage, daß er in dieser Krisis den Herrn der Inseln in Worten anredete, welche als Motto von seinen Nachkommen bewahrt wurden: „Mein Vertrau'n auf dich steht fest." Barbour giebt an, daß die Reserve sich in „einem Felde versammelte", das heißt, in derselben Linie mit den bereits im Kampf begriffenen schottischen Streitkräften. Dies führt Lord Hailes zu der Vermuthung, daß die schottischen Glieder sehr durch Tod gelichtet gewesen sein müßten, da auf dem engbegränzten Grund Raum genug für die Reserve gewesen sei in die Schlachtreihe einzutreten. Aber das Vorrücken der schottischen Cavallerie muß erheblich dazu beigetragen haben, Platz für die Reserve zu schaffen.

Anm. 52. zu VI, 30.

Der Troß des schottischen Lagers beobachtete von der Gillies' Höhe im Hintergrunde den Eindruck, welchen das Heranbringen der schottischen Reserve auf das englische Heer machte, und durch die Begeisterung des Augenblicks, vielleicht auch durch Hoffnung auf Beute getrieben griffen die Leute in tumultuarischer Weise zu den nächsten besten Waffen, befestigten Tücher an Zeltstangen und Lanzen und zeigten sich wie eine neue Armee, die zur Schlacht vorrückte.

Die unerwartete Erscheinung dieses neuen Heeres vollendete die Verwirrung, welche schon unter den Engländern herrschte; sie entflohen nach allen Richtungen und wurden unter namenlosem Gemetzel verfolgt.

Anm. 53. zu VI, 37.

„An Herrn James Ballantyne" (Scott's Verleger).

„Geehrter Herr, — Sie haben nun die ganze Geschichte bis auf zwei oder drei Schluß-Stanzen. Da Ihr Geschmack für Brautkuchen Sie wünschen lassen wird, etwas mehr von der Hochzeit zu erfahren, so will ich Ihnen alle weitere Kritik durch die Erklärung sparen, daß ich entschlossen bin, hier Halt zu machen.

Zeugniß deß meine Unterschrift,

W. S."

Anm. z. Schluß.

[Diese schö[illegible] Stanzen sind der Erinnerung der Gräfin Dalkeith, Herzogin von Buccleugh gewidmet, derselben edeln Frau, deren der Dichter in der Einleitung zur Ausgabe von 1833 gedenkt, w. m. s. Anm. d. Uebers.]

CPSIA information can be obtained
at www.ICGtesting.com
Printed in the USA
LVHW100028190422
716387LV00030B/238